繁体字版の読者の皆様へ

ありがとうございます！

感謝各位閱讀繁體字版的讀者！

「花模樣」，出自《風與木之詩》

「微風輕拂」，出自《風與木之詩》

No. 29

少年名叫吉爾伯特

少年の名はジルベール

竹宮惠子

Takemiya Keiko

目錄

1 罐頭旅館

一九七〇年春，東京。那時神保町區域的小路裡，還有很多小小的印刷店、紙的批發商，置身其中，氛圍宛如京都的下町[1]。輪轉機[2]的聲音，扛著大大捲筒紙的人快步走著。以為是黑色腳踏車經過，結果是小小的三輪車悠悠橫過馬路。還有舊書店跟喫茶店並排著緊緊挨在一起。與我的家鄉德島相比，這街道極為熱鬧。

這裡是舊書街，也是出版社聚集的、製書的市街。

剛滿二十歲的我，在不知東南西北的東京，尋找指定的旅館。

社會上因三月底發生的淀號劫機事件[3]群情譁然，然而除了自己的將來，我不關心任何事。最多就是記住了「劫機」這個詞彙而已，我當時還認為，那是大人們的世界裡發生的事情。

「鑵頭旅館……到底是怎樣的旅館？」

最後我終於找到了，其實就是間平凡無奇的一般旅館。

進入房間一看，有穿西裝的三名男性在和室桌前，分別是講談社、集英社，還有小學館的Y先生。

咦？我……到底做了什麼？為什麼？這麼多大人聚在這裡……是在商量我的事嗎？

「抱……抱歉……居然會變成這樣……」

身為剛離開德島初來乍到的新人，發生這種狀況，除了道歉還是只能道歉。

或許是一年工作暫停期（我對大學學生運動的動向感興趣，暫時休息不畫漫畫）結束時，工作就陸陸續續進來，讓我自信過頭了也不一定。我接了太多工作，讓每一件都很難準時交稿。小學館《週刊少女Comic》[4]的Y先生比我更困擾，他應該萬萬沒想到，我身為新人漫畫家，不知不覺間居然接了這麼多工作。這下子大家會一起死，所以各出版社責任編輯全體集合，把我從德島老家叫來。

他們是幾天前來找我的。

「東京來的電話哦。」

當時我的老家沒有裝電話，所以隔壁鄰居來叫我去接。電話是來通知我寄過去的分鏡初稿已經修改好了。分鏡初稿就是漫畫原稿的草稿，也可單稱「分鏡」，上面只有用鉛筆畫的簡單線條與臺詞，供編輯看過後掌握內容，進行下去。如果這關過了，對方就會來通知我說可以上墨線了，但要ＯＫ過關並不容易，所需重畫時間跟工作量很難預測，畫面問題在電話裡也很難討論，更何況還要顧慮隔壁鄰居，讓我無法專心。

討論完畢，終於可以安心畫漫畫了，我又被鄰居叫去。話筒另一頭傳來另一位雜誌責編的聲音，他等不下去了。光聽到這個我就感到輕微的恐慌。好幾份原稿一下要畫一下要改，精神也渙散掉了無法專注，掛心時間，最重要的內容也亂糟糟的。尤其我最重視的週刊連載的進行整個走調，最後終於，小學館的Y先生打電話來了。

「喂，妳現在怎樣了？」

Y先生的聲音很明顯帶著怒氣。這個人直腸子，情緒會直接在聲音與態度中表現出來，像誇張的戲劇一樣。他就是個大嗓門愛抽菸的歐吉桑，從他的言行外表，絕對沒有人會認為他是做少女漫畫的。不胖不瘦中等身材，頭髮有點長，全部往後梳得平平順順的。

「我在說原稿啦！妳手上到底有幾篇原稿啊？」

我原本認為，如果工作能依照預定進度進行，沒必要告訴他我在其他雜誌的工作狀況，但他大嗓門的魄力壓倒了我，我就乖乖和盤托出了。

「妳說什麼！這樣子根本畫不完啊！」

我一句話都無法反駁。

「總之妳給我上東京來！我要把妳關在旅館裡畫稿子！」

所謂「關起來」（罐頭），就是把創作者關進飯店的一個房間，監視他們直到稿子畫完，責任編輯甚至可能會寸步不離。在出版社眾多的神保町區域，散布著這類旅館。

我便火燒屁股似地上東京去了。

問題最大的是《森林之子托爾》（小學館《週刊少女Comic》）的五回週刊連載，以及《同年同月同日生》（講談社《好朋友》）的三回月刊連載。這進度拖了又拖，已經到了新人絕對不可能搞定的地步了。

「怎麼辦，進度拖得實在太嚴重了。這孩子，必須找一家顧著她一段時間了是吧？」

Y先生在各出版社責編面前如此表示，接著首先徵求集英社K先生意欲如何。

他就是把我的集英社新人漫畫賞佳作入選作品登在《週刊瑪格麗特》[5]增刊號上的編輯。

原本，我可能會直接在《週刊瑪格麗特》上畫連載，但K先生轉到《小說junior》[6]任職，就把我加進他的連載陣容。這本雜誌以小說為主，每期會刊載一、兩篇漫畫。

K先生說話了：「不，我這邊以文學為主，就算交給我，我也只能給她單篇（單回完結的漫畫）……」

他應該是有點微妙的顧忌，這甚至關乎新人漫畫家的未來，在漫畫雜誌編輯面前，他沒有立場說話。雖然遺憾，但他的意思是從今以後他也會減少發稿給我了。

接下來是講談社，《好朋友》[7]的責編。他禮貌周到且公事公辦地說：「可以的話今後也想拜託您接案，接下來的工作我們當然也想交給您，但如今還是希望您在小學館跟敝社當中二擇一比較好。」

兩位編輯默不作聲，擺出一臉「真拿這新人沒辦法」的表情，Y先生把他們晾在一邊，重新面向我說：「妳選吧。」

「嗄？」我反問，他語氣堅定：「妳不能不選擇了。」

編輯們的眼光也都同一個樣子，看起來是在說：是啊，竹宮小姐想怎樣？我腦中一片混亂還拚命思考。選擇？當然，我曾經思考過自己最想畫的雜誌是哪本。從我國中二年級決心當漫畫家起，就決定不但要取得漫畫家頭銜，還要在週刊上連載。為此我該如何是好……我想起自己曾經思考過無數次：哪裡可以讓我在王牌大漫畫家陣容當中奮力擠進一席之地……我又想跟哪位創作者刊登在一起……

講談社有里中滿智子小姐[8]、大和和紀小姐[9]，集英社有西谷祥子小姐[10]、浦野千賀子小姐[11]……集英社跟講談社都有很多了不起的老師在，我現在擠進去，絕對無法相提並論。可是，小學館才剛創辦少女漫畫雜誌，就連我這樣的新人也會有活躍的空間，不是嗎？而且……就現狀來說，我講談社的工作從月刊開始，但小學館給我的是週刊連載。接下來是週刊的天下，要是一開始就專攻小學館這一間就好了……

我決定，就這樣把我的工作重心放在小學館的《週刊少女Comic》，向大家低頭道歉說：「真的非常抱歉。」

Y先生也跟我一起低下頭去：「那麼，就由我們先培育她吧，可以嗎？」

事情一旦決定了，其他出版社的大人們如釋重負一臉清爽，說「那就加油囉」，快速地定下原稿完成的順序與住宿的日程，就離開了。

原本充塞在旅館房間裡的緊張空氣稍稍緩和下來了。

第一個先做小學館的工作。我馬上住進Y先生為我準備的另一間罐頭旅館。約四坪的套房裡，只準備了和室桌與檯燈。我把整套漫畫繪圖用具帶進來，一個勁兒地畫。早晚供餐，只有午餐時間可以外出。其他時間就是不停地畫。

把我關最久的小學館，應該是想多少節省一點經費吧，在這之後，新婚的Y先生去蜜月旅行時，也曾經讓我暫住他空出來的新家。可能是時間實在太緊了，哪個車站下車，那段期間是怎麼過的，我完全記不得。

第二間是講談社，他們當時有一間專門拿來關作者的別館。我就在那裡畫稿。創作者之間一直都傳說那裡鬧鬼或者有地下牢房。大概三坪，不，四坪吧。有壁龕、高矮架，裡面還有電視機。我記得我在那間房間裡看了阿波羅十三號的返航。感受著人類飛向宇宙的時代氣息，我把九開大小的原稿用紙（約B4大小，當時還沒有漫畫原稿用紙這種東西。）[12]鋪在面前，捕捉從那白色窗子展開的架空世界。

「管他什麼妖啊鬼的隨你來吧！我才沒在怕呢！」

在這裡也每天獨自一人一直畫稿，就在我這麼痛苦工作的時候，我邂逅了一個改變我此後人生的，命中註定之人。

那時我在畫的是之前提到的《同年同月同日生》最後一回。終點在望，再幾頁就總算畫完了，講談社的責任編輯應該也是鬆了一口氣吧，他問我：「有個跟妳差不多同年的新人上東京來了，妳要不要見見她？」

「她是誰呢？」

「她名叫萩尾望都[13]。」

「是萩尾小姐嗎？我要！請讓我見她！」

我知道她。我最近才在講談社《別冊好朋友》[14]上讀到她的短篇〈爆發會社〉。故事出奇新穎不說，我更從她表現身體動作的描線當中感受到獨特的品味。那個時期的漫畫，跑就是那樣畫、跳起來就是這樣畫，感覺動作的模式都已經被開發殆盡了。然而這篇漫畫中的形式壓倒性地新穎。手腳的動作，把一般不是彎曲的地方畫成彎曲的。比如說膝蓋以下像鞭子一樣地柔軟，非常獨特。

我感嘆：啊啊，如果這樣畫，就能非常巧妙地強調「動作」了。

「ㄑㄧㄡ ㄨㄟˇ ㄨㄤˋ ㄉㄨ」。

名字也好好聽。看畫面作風，加上名字聽起來宛如中世紀都市般，我擅自推想，莫非這位創作者是男性？光讀短篇就讓我覺得「找到不得了的人才了！」這樣的瞬間並不多。

「她現在在編輯部，我幫妳介紹。」

「咦？」

我嚇一大跳。而且，見面第一天，我居然就要請她幫忙我工作！在編輯的居中介紹之下，我拜託她幫我畫剩下的部分，一整個晚上我都跟她邊聊天邊把原稿畫完。

萩尾望都小姐當年二十歲，與我同年入學。我跟她講到自己住在德島，如今為了依序完成之前遲交的原稿，被關進旅館，暫時不會回家了。她則說自己是從福岡縣大牟田市來的。

我問她：「那妳住在哪兒？」她回答：「我有個筆友住在練馬區大泉町，我就暫住在她家。」

那位筆友名叫增山法惠[15]。聽說她也是在《週刊好朋友》上讀到〈爆發會社〉，立刻寫粉絲信給萩尾小姐的。

當時，漫畫家與書迷藉由寫信交流十分常見。雜誌裡的讀者專欄成為交流媒介，讀者們或交換意見，或將粉絲信透過編輯部送到漫畫家手上，漫畫家與粉絲由此牽起緣分，魚雁往返亦是常事。

在東京，已經有粉絲熱情提供住處讓萩尾小姐借住了啊……

總而言之，我與眼前這位才華橫溢的新進漫畫家聊得渾然忘我，在這幾個星期以來被關在旅館裡不停畫畫的日子當中，呈現出一種跑者高潮般的狀態。那個晚上，在與萩尾小姐隔工作桌對坐的工作過程中，我感受到此前從未體驗過的充實感，與她的對話跟我與德島的朋友聊漫畫時聊的，大不相同。

萩尾小姐渾身散發著安靜的氣質。所以我乾脆嗨一點炒熱氣氛，同時也想讓她喜歡自己。我問了她各色各樣的好多問題，如：妳喜歡怎樣的漫畫家？令妳印象深刻的少女漫畫有哪些？身為新人，妳會注意怎樣的人？

「想必妳是墨汁派的吧？不是？妳覺得墨汁畫起來比較凝滯，下筆觸感不順暢？」

這種話題，不是同行聽不懂。雖然也跟她聊科幻，但我的知識不如她多，聊不了太久。當時畫的原稿（《同年同月同日生》最後一回）當中出現的，棉被櫃裡頭連接到異次元的設定，跟披頭四的動畫電影《黃色潛水艇》裡有個洞連接到異次元的構想雖相似，卻是我跟她聊出來的。萩尾小姐擅長科幻，聊這個便能談得很起勁。

面對一個視「用畫漫畫來表現」為呼吸般理所當然的人，聊起天來竟是如此開心！我一邊心裡想著「能夠暢所欲言地聊漫畫果然痛快」，一邊手裡畫著稿子，同時跟對方盡情談論與漫畫表現相關的各種事情，以及在家鄉都只跟畫漫畫的人才能聲氣相通等等。

之後不久，我便拜託萩尾小姐介紹她的筆友增山法惠小姐給我認識。與這個人的相遇，為我的命運拉開了更大的格局。

即使只看我與萩尾小姐的相遇，或只看萩尾小姐與增山小姐的相遇，就已經是奇蹟了；然而更大的奇蹟出現了，那就是我們三人能聚首在一起，之後還同住在一個屋簷下畫漫畫。

我們三人一起住的地方，就是日後被譽為建立起一九七〇年代少女漫畫基礎的「大泉沙龍」。那個地方，寫滿了後來被稱作「廿四年組」的，我們這群人的故事。

街角的小鋼珠店傳來去年開始流行的《小黑貓的探戈》，取代了此前店家固定播放的《軍艦進行曲》。一九七〇這一年，即使我總是在畫稿子，但驀地抬起頭來，環顧周圍，就會發現如今置身之處，已與過去的世界截然不同了。

我當時有個預感：只要緊握住畫筆不放，就能遇到更有趣的事情。

2 一個人住

在神保町閉關禁閉的工作接近尾聲，我做了一個重大的決定，接著打電話回老家給媽媽。

「我還不能回去……其實，我想在東京繼續待下去。」

「成為漫畫家」這句話，我跟媽媽說過無數次。媽媽總是這樣回答我：

「漫畫家這種職業啊，靠的是關係人脈，不但不知道工作什麼時候會上門，錢也不曉得會領到哪天就沒有了，不會有做父母的舉雙手贊成小孩去做這麼不穩定的工作的啦，社會上更穩當的職業不是還多得很嗎？」

媽媽又連珠炮似地說：

「就算妳再怎麼堅持要當漫畫家，要是沒有人發東西請妳畫，就不算漫畫家吧？如果妳無論如何都要這樣做，就去找個足夠養活妳自己的地方！」

這段爭執並沒有傳到我父親的耳裡。身為父母，會有這些保守又頑固的意見可謂理所當然，但面對這些意見我總是再也沒法繼續反駁下去，而且生性內向又退縮的我，心裡對於去東京也很迷惘。

就讀高中時我曾入選過幾個漫畫獎，進入德島大學前後開始接到漫畫的工作案，不過那都是些單篇稿案，生活談不上穩定。一般新人漫畫家，為了專心畫漫畫，此時就應該順勢準備上東京去了。

但我原本就不喜歡大都會，對去東京本身興趣缺缺。再加上一九六八年我進大學那年，正值全國性的大學罷課運動[16]時期，大學因此動盪。身為學生，有一大堆事情要煩心的。

「反安保！」「反大學立法！」「反越戰！」

當年，學長姊們的行動與話語，我不是很能理解，最終在日本竟幾乎掀起革命。那時我雖然懷疑：「到底有多認真？」但骨子裡好奇心旺盛的我，想要試著瞭解這波運動的意義。不光是日本，在這全世界大學生都發聲吶喊的時代，我想要看看他們是怎麼表現出大學生的樣子的。

我給自己一年的時間，暫時離開漫畫。

我聯絡數家出版社編輯部說想休息一年不接案子，得到這段空檔去瞭解這波學生運動。與許多人討論、參加集會，也去接觸占領學校內部的團體，思考到最後，我終於得到了屬於我自己的答案。

「我要用漫畫實踐我的革命。」

整整一年後，我得到最終結論，決定離開大學，當個漫畫家。

「一年已經過啦。」

小學館的Y先生，提醒我曾說過的暫休宣言。

「我正在召集新人，想要做些嶄新的事情。想請妳來畫畫。」

《少女Comic》當時正經歷從隔週出改成每週出的轉換過程，Y先生時任副總編輯，為延攬漫畫家而奔走。

那個年代，少年漫畫盛極一時。少女漫畫的銷售量也順勢節節攀升，創辦少女漫畫雜誌本該是人才濟濟，但小學館起步比別家慢了一點。Y先生為尋找少女漫畫家費盡千辛萬苦，也去招攬其他雜誌的得獎者。

Y先生對我說：「請妳務必來畫連載。」從國中二年級十四歲立志成為漫畫家時起，我的目標就是上週刊連載，這可是求之不得的絕佳良機。在那之後，Y先生特意去德島拜訪我的父母，向他們表明我以漫畫為工作深受認可。這番說明對我的父母產生極大的說服力。

此時，我差一點就要辜負Y先生如此殷切的期待了。我一邊擔心從旅館打出去的電話錢，一邊急著力勸媽媽，朝話筒說：「我只能來東京了，只有來這裡，才能隨時都能跟對方見面討論。」

「這次我在東京工作才明白，還是東京資訊最快。要是待在德島，正流行的東西等到手了都已經退流行了。」

「我不是自己想去東京，是為了工作必須待在這裡。」

「您也知道，我要是跟書店訂漫畫單行本，都要等超過一個月才拿得到。住在那種地方，看到的內容都比人家慢。還是要每天接觸時代最前端的東西，用這些當材料去思考、去作畫才行。時尚啦電影啦音樂啦都是這樣，漫畫家的腳步不可以比讀者慢啊！」

我一迭聲地說著，不讓媽媽有機會插嘴。不知為何她陷入沉默，最後只丟出一句。

「總而言之妳先回家來，跟妳爸爸說。」

我覺得媽媽已經瞭解我的訴求了。我掛斷電話，坐在罐頭旅館的房間裡，但心裡有種感覺：東京的空氣已經屬於我了。

我已經決定好回到德島來要做什麼。等爸爸下班回家，就向他提出這件事。

爸爸大概已經從媽媽那兒得知我這幾個星期以來的狀況。默不作聲，側耳傾聽我的諸般理由，感覺已經放棄把我留下來了。或許，連載開始前Y先生來拜訪時，他就已經有某種程度的心理準備。

等我把話說完，一直沉默不語的爸爸低聲說了句：「這樣啊。那……妳就去吧。」

都因為此前媽媽強烈反對，本以為他還會多念幾句的，我整個人像洩了氣的皮球。爸爸在這當下說話的口氣，就像是叫繼承家業的長子暫時出去歷練一樣。雖然我只能揣測父親當時心中所想，幾天後我從德島出發時，爸爸竟進到電車車廂裡，第一次要求跟女兒握手，他當時的模樣，至今依然清晰如昨。

我向Y先生報告爸爸已經首肯，然後請他幫忙在東京找房子，他說：「好，我會幫妳準備一間像樣的房子。」我只拜託他滿足我一個要求，就是希望房子離我尊敬的石之森章太郎[17]老師工作的地方越近越好。

我從十五歲時讀了石之森老師的《漫畫入門》，決心未來要當漫畫家的那天起，我信賴的大人除了爸媽之外，石之森老師算得上頭一名。

高中畢業旅行造訪老師的工作室後，我一直在心裡自顧自暗想：「就算實際上沒有成為他的弟子在他身邊工作，在精神上我也是他的弟子！」

又過了兩個月，在東京都練馬區櫻臺——

Y先生挑的新屋出乎意料地舒適，建築跟房東自己家的房子沒有連在一起，一、二樓各有一間房間。租金大約一萬五千日圓。由於要進屋必須先經過房東家門前，確實能讓擔憂的父母安心，消除疑慮。因為我一個人住，媽媽便陪我一起來東京為我張羅東張羅西的，但當我告訴Y先生「媽媽說住在這裡我就安心了」，Y先生意味深長地咧嘴一笑：「因為啊，面對妳的家人，如果沒有做到這種程度，無法博得他們的信任嘛。」

石之森老師當時把西武線櫻臺站（東京都練馬區）前的喫茶店「Rattan」當作工作室，這間房子正符合我的要求，離「Rattan」走路只要十分鐘。老師在這間站前喫茶店有固定座位，他並非在自己家工作室裡構思分鏡，而總是在這裡進行。

來到東京，我立刻在這間屋子裡著手繪製的是《GO！STOP！物語》，在《週刊少女Comic》上連載。我沒有兼畫別的雜誌，嚴謹地保持一部作品每週一回的步調推進工作。就算一星期只有這一回，因為全都由我獨力完成，便不能放鬆，然而即使如此，時間上還是滿充裕的，能夠專心畫畫我很開心。由於我也已從大學中輟，更有背水一戰的緊張感。

可是，編輯跟我討論完或接到我的原稿後，就匆匆離開，我也只是一直坐在桌前畫畫而已，除吃飯外都關在家裡。在東京的生活，跟在德島時幾乎並無二致。

只不過，兩者最決定性的差距在於：不會有其他家人的動靜。老家沒有獨立隔間，每個房間都是開放式的，不管到哪兒，家裡所有人的聲音都聽得一清二楚，所以此刻我感到格外寂靜。若前面不遠的十字路口傳來車輛往來的聲音，更凸顯都會特有的寂寥。總覺得這份安靜，質地與德島的不同。

跟人類的互動實在不夠。已經三天沒說話了……一句話都沒講。時間停下來不動，我內裡的故事也停下來不動。

如果是現在的我，越是遇到這種時候，應該會盡可能更頻繁地跟編輯見面討論吧。

然而當時編輯還幾乎全是男性，而且雖西裝筆挺卻有點不積極。明明他們跟我年紀沒差多少，一板一眼的樣子總給我距離感。站在編輯的立場來說也是，見到年輕的女性漫畫家，可能也不知道該講些什麼才好。實際上我也曾經聽過有人這樣表示。

更有甚者，我一見到身穿西裝的男性編輯，總會渾身緊繃。說到那個年代的年輕人，認為批判政治或社會是理所當然，很清楚自己已經站在成人的入口，所以，我當時應該也是無論如何都不想向他人暴露我的弱點吧。

事實上，一旦步入社會、面對大人，我就盡可能試圖與他們平等對話。說到自己瞭解的，就盡量說得誇大一點；若對話當中出現自己不瞭解的，就一面說一面思考什麼時候發問、怎麼發問比較不會丟臉。

只不過石之森老師又是另外一回事了。他已是我衷心崇拜的前輩，所以，面對他雖然會緊張，卻不用裝腔作勢。而且彼此都是漫畫家，可以放鬆。

為工作煩心，一個人埋首於分鏡時，常常眨眼間就日暮西山，然後天又亮了。我幾乎沒有離開工作桌半步。每天這樣過，到底算什麼？

就算去喫茶店吃飯，也只會點餐，不會跟人對話。我逐漸產生一種無意義感：到底誰會知道有個我在這裡？這樣下去，我甚至連活著的感覺都沒有了……

「跟人的接觸真的不夠。」

我明明必須藉著與其他人的對話交流，把故事推進下去啊……

對了，我就去「Rattan」見見石之森老師吧，見了他，心或許就能靜下來。

思緒走到了死胡同，我再也忍受不了停滯的時間與空間，提起購物籃就往外衝。

之所以提個購物籃，是因為面對老師我會不好意思，可以藉口說自己是去買東西時順便過去找他一下。所以我就進了之前有去買過菜的蔬果店（附近的小鋼珠店二樓就是「Rattan」了），突然有個聲音叫住我。

「唷！小姑娘，這個不錯，很好吃唷！買了絕對不會虧啦。」

就在當時，這句只對我而說的話，深深地打動了我的心。感覺到自己已經好久沒有接觸到活生生的人類了，我硬生生忍住幾乎奪眶而出的眼淚。還記得自己慌慌張張只買了青蔥，走進「Rattan」之前，還在樓梯下面整理平復自己的心情。

於是，見到老師時，我的心情已經平穩下來了。沒錯啊，就算沒見到老師，世界上還是有人類的。我想著「是有可以解決的辦法呀」，熱烈的感情湧上心頭。

「哦哦！妳好嗎？最近怎樣？」老師向我搭話，語氣一如往常，我朝他露出笑臉，神情開朗地聊著「我現在正在連載這樣的作品！」「下一部作品是電視節目業配的漫畫連載」之類的。

於是老師停下手邊的工作望向我說：「業配啊……」所謂業配連載，就是企業利用漫畫的吸引力，宣傳他們的商品或服務。大部分狀況下，企業方都會給漫畫家加諸各式各樣的制約。雖然酬勞相對偏高，卻沒有辦法隨心所欲想畫什麼就畫什麼。

當然，老師對於這方面的內情應該知之甚詳。

「好啦，只能努力撐住做下去啦。」他只短短回應了這一句。

但，我只要能夠把心裡話講出來就滿足了。我很感激老師什麼都瞭解，卻沒說多餘的話。

只要能講到一點點話就已經滿足的我，對他說「那麼，我告辭了」，過後便回到獨居的屋子，同時想著：我已經不是大學生，是個社會人了。

因為這時期剛剛離開父母獨立生活，我想要保持未來半年都有稿約。這樣一想，只有一本週刊的連載量，總安不下心。不管再怎麼受歡迎的漫畫家，連載也有可能依據每期讀者的反應突然遭到腰斬。要是連載結束，接下來身上卻沒有預定要做的案子，未來一個月一定不會有錢進帳。

這很恐怖。

所以，同雜誌裡只要有一點點小小的工作案轉發給我，不管什麼我都接。那些案子幾乎都是插畫。漫畫雜誌裡面也會有以文字為主的報導或讀者來函等頁面，各式各樣的地方都會安排配圖、解說插圖、彩色插圖。

這些插畫有的是要使雜誌頁面看起來清爽，有的要表現出主題的形象或是季節感，有的則是用來填滿報導文字不夠長留下的空白部分。我那時也常常為當紅歌曲的歌詞繪製配圖。

接插圖稿，可以預估完成所需的時間，而且它跟漫畫分鏡不同，可以一路畫下去不用去煩惱裡頭要怎麼畫，也能賺到錢，又能練習畫工與配色。

面對編輯部的工作委託，不管對方提出什麼樣的要求，我都有自信能勝任愉快。身為所謂「漫畫家」這樣一名職人，至今我對漫畫依然抱持著如下的堅持，那就是「照我自己的方式盡可能鑽研，高高興興地去挑戰去嘗試」。那個年代我身為職人所繪製的畫面或插圖，很少有機會讓現在的讀者看到，也不會受注目。但這些小小的插圖當中充滿了我的初心，我很喜歡。

然而在當時，我完全沒有料想到，這份職人的自信，在我出道不過兩年就崩潰，我的自我認同也必須從零開始，從頭建立起來。

3 少年愛的美學

「要不要一起租公寓住呢？」

在我租下櫻臺這間房子前，也就是決定來東京那時，我寫信邀請萩尾望都小姐分租房子同住。那段一起完成原稿的快樂時光，我一直無法忘懷。

但她的父母似乎不大贊成她上東京，不得已我便開始一個人住。我也找機會打電話給萩尾小姐介紹給我的那位增山法惠小姐。

增山小姐出生成長於東京。她說自己接受正統的鋼琴訓練，要去考音樂大學。聽她的言談，似乎從孩提時代起她就持續吸收各式各樣的文化，從第一次見面我就被她震撼，心想：東京人都是這樣子的嗎？從櫻臺到她所居住的大泉學園（東京都練馬區）搭電車約需十五分鐘。漸漸地，我們彼此找時間見面的機會變得頻繁。她目前正在準備重考，想考音樂大學，所以一開始去跟她見面時我還心存顧慮。

我們倆一起去看過印象最深刻的，是在東京舉辦的巴比松畫派[18]美術展。看在每天只見到漫畫的我眼裡，巴比松畫派在對於自然的描寫當中，故事性也很豐富，從單單一張畫裡就能享受到強大的世界觀，讓我從中學習到許多。

其中最吸引我的是米勒畫正在釣魚的《達芙妮與克羅伊》，這個主題許多畫家都畫過，但這幅畫的田園風景令我著迷。我把這幅畫的海報貼在家裡的櫃子上，一面思考我到底喜歡它哪一點，一面眺望良久。

人物在這幅畫中所占比例不多，整體來說是一張用暗色調描繪森林的風景畫。在沉鬱的森林中，光線只落在少年的腳尖，這樣的表現十分美麗。我總是看著那部分而非看畫的全體，達芙妮則只有在指尖添上血色，呈現為粉紅色。

增山小姐說：「我覺得指尖或腳尖塗上粉紅色很棒。」我聽了之後回答：「對耶！這麼說來，我想起高橋真琴先生[19]的畫也都是這樣。」是漫畫家同時也是畫家的高橋先生，大多畫特寫臉部的圖，幾乎不畫身體，只會加上指尖。他畫的指尖，會以關節為中心添加微微的粉紅色，那種體溫與立體感非常美麗。我們兩人都同意：「要畫少女漫畫，這是基本。」

我望著米勒的畫，想：「畫家也做了同樣的處理，發揮了效果。」自那之後我就抱著自信作畫了。

我們也常常彼此相邀去看電影。增山小姐的叔叔是位藏書家，嬸嬸則非常喜歡電影，在這對夫妻營造出的環境下成長，看完電影後，她會憑著胸中一股熱情，飛快地不停說出她所想到的事情。她的資訊量大得驚人，包括音樂、電影、文學，還有漫畫。她壓倒性的知識量是過去都待在德島的我所不及的，我只能說我學到了很多。

談到電影與文學就說個不停的她，對於自己未來要走哪條路也相當煩惱。

當我問她：「練習（準備考試）還好嗎？」她的聲音就突然百無聊賴，說「別提這個了」，一臉嚴肅。

「可是，妳會去考試的吧？」

「會去啊，只不過是去考落榜的。」

她的父母只熱衷於音樂教育方面的事。從她還不滿五歲起，「只不過她手指的動作比別人靈敏就誤解她是個天才」，想方設法地讓她接受特別教育，培養她日後當個職業音樂家。花大錢請有名的老師給她上一對一的指導課，讓她考上以音樂教育聞名的六年一貫中學。

「因為老師說，手指動的速度不是光靠技術可以習得，而是與生俱來的，非常得天獨厚，所以爸媽對我期望很高。可是，他們把錢全都拿來給我上課，我從小想穿的可愛洋裝小禮服，他們一件都沒給我買過！妳看，不是有那種有荷葉邊之類的、很可愛的洋裝，跟別人一起出去玩的時候穿的嗎？我都只穿制服，不可原諒。」她是有點認真地在發火。

她背負著雙親的期待，報考堪稱位於這個領域的金字塔頂端，錄取率極低、出了名難考的音樂大學，結果失敗了，此時正在過重考生活。

「畢竟花太多錢了，我講不出口說自己不想考了。但我念中學時遇到了漫畫。所以，我就說，我不要再去考試也不想再彈鋼琴了。」

「妳父母怎麼說？」我回問。

「當然不可能接受啊。為了這件事我們大吵了好幾次，我明明都說不要了，他們卻只叫我一定要去考音大。」

她想逃避，不想繼續為了應考練琴，在這情況下她邂逅了漫畫，所以更加沉迷。這個領域涉及許多方面，很複雜。她可以用電影與小說的層次去分析漫畫作品，這應該是由於她看漫畫時不止拿來跟其他漫畫比較，也拿來跟文學與電影比較的緣故吧。

我第一次去她房間的時候，首先映入眼簾的，是非常巨量的唱片（不只古典而已），還有古今東西方與文學相關的書山，以及成堆的電影場刊。

她住的房子原本是她叔叔的，叔叔一家搬走後，增山小姐就住了進去。

而她的房間原本是叔叔的書房。叔父表示「小惠，妳喜歡書吧？這些全部借妳」，把藏書原封不動留下來給她。

我也從這裡的書架上借書來看。找到令我愛不釋手的書，是昭和初期出版的少年少女文學全集，還使用舊假名標示的[20]《十五少年漂流記》與《小公子》，裝在舊式古風的外盒裡，有著活字印刷細微凹凸的觸感。讓我瞭解到，即使那些文章內容與現代版相同，裡頭所蘊含的情感跟印象則截然不同。

還有一類堆積如山的是電影場刊，她嬸嬸喜歡經典電影，這些是她的寶物。對增山小姐來說，這位嬸嬸是神一般的存在。從「若不用電影院大銀幕欣賞，就不算電影」的堅持開始，包括享受電影的方法、批評的重點、當下該看的作品等等，都是這位嬸嬸灌輸給她的。

蒐集來的這些場刊，幾乎都以發燒友級的歐洲電影為主。她趁練琴的空檔，花了很長的時間仔細地研讀這些場刊。其中若有中意的，就透過各種方法找來看個遍。那個年代沒有錄影帶或DVD，她便去二輪、三輪戲院看二輪片或三輪片，或加入幾個「電影之友會」之類的同好團體，穿梭在經典電影的私人包場放映會之間。

若回溯她對漫畫熱情的起源，其中必然有文學跟電影。

面對喜歡的作品，她會細細去描寫場景、分析劇本、解讀登場角色的心理。她不但擅長比較同類型電影，若碰到以文學作品為基礎的改編，她甚至堅持必定去思考跟原作的相異之處。在比較當中，她會極力主張這些她檢視的作品是如何地優秀，也會慨嘆該作由於評論家的考察不足等，又是如何地受到忽視。

「這個妳讀讀看。」

她胸有成竹地推薦給我的作品，都是她所喜歡的，也都絕對能打動我的心弦。她應該也向萩尾小姐用力推薦過。

她感慨地說：「我跟萩尾小姐剛開始通信時，第一個推薦給她的就是赫曼・赫塞的《車輪下》[21]，我跟她說『請妳一定要讀讀這本書』，還送書給她。然後她好像就喜歡上赫塞。她的吸收力真不得了。她有一種力量，能夠吸收，然後進一步自己去開拓。」

我試著問她：「妳覺得，我的作品如何？」她用斬釘截鐵的口氣說：

「一開始我覺得這個人滿討厭的。」

「為什麼啊？」

「妳別誤會。我一開始是莫名覺得妳的作品很不可思議。比如，《COM》（虫製作商事）[22]上面登的那篇，既不是少年漫畫也不是少女漫畫，對吧？好像介於兩者中間。」

「哦，妳說的是《鑰匙兒集團》[23]吧？」

「對對對，就是那篇。可是，很顯然畫得很好。是經過很精密的考量之後畫出來的。也就是說，妳畫的時候是處處投其所好，要讓《COM》喜歡這部作品的吧。這篇漫畫有種『都去投稿了，我絕對要讓你們接受』的感覺。不要誤會哦，我的意思是說，這人畫這篇作品用了很多心機，還真是討厭吶。」

「嗯——這樣不行嗎？」她沒有回答我的問題，只笑說：「可是呢，見到本人之後，就知道妳這個人沒有那麼討厭啦。」

增山小姐特別有個性，雖然她與我相隔電車十五分鐘的距離，一下子就拉近了。這是因為我們從一開始就對對方打開天窗說亮話。

「噯，妳讀過這本嗎？（請妳去讀！）」「妳看過那部嗎？（看過告訴我感想！）」我一邊完成她的要求，一邊持續著週刊連載，雖然相當忙，卻也很充實。

在與增山小姐的交往當中，我得知她自己也有在畫漫畫。這讓我有點驚訝。

「拿不出手來給妳們看啦。看到妳們的畫，我就失去了幹勁，覺得自己還是算了，只要有妳們在畫就足夠了。因為我覺得妳們具備的表現力，可以改變少女漫畫的世界。」

可是自孩提時期起就浸淫在電影與文學中的她，面對少女漫畫整體來說是很嚴格的。「總覺得啊，現在的少女漫畫，實在稱不上有任何一點有趣的不是嗎？沒有深度，那種東西讀者真的想看嗎？為什麼會登在那樣的雜誌上啊？妳怎麼想？」她會理所當然地說出像這樣讓我心頭一突的話。

這時，少年漫畫受歡迎的程度要高出一大截。《巨人之星》、《小拳王》（皆為講談社《週刊少年MAGAZINE》）[24]的走紅也是原因之一，他們接連推出圖面設計大膽的封面，刊載具挑戰性的作品；然而少女漫畫這邊只有比以前稍稍更具自我主張一點點的少女登場，故事走向則一如既往。

她極力主張少女漫畫也應有所進步，我覺得她對於現狀是有些不耐的。跟實際上今後也打算繼續畫少女漫畫的我或萩尾小姐比起來，她的態度更具批判性也更積極大膽。

某天晚上。我記得很清楚，大約十點左右。

我一邊望著貼在房間裡的《達芙妮與克羅伊》海報，一邊拚命設法把腦中浮現的妄想描繪出來。

「這……這是什麼……跟我也太合了吧！」

「這個角色的臉，明明我從沒畫過，我卻覺得他是屬於我的角色。」

「少年的名字叫做吉爾伯特（Gilbert）。絕對不會叫別的名字。」

這個人物，就像是一個我非常熟悉的人一樣，他的設定一個接一個浮現出來。明明故事都還沒一撇，畫面卻接連出現。我的心情更加激動，想著要把它畫出來，有一種手心都要沁出汗的緊張感。

「這麼晚了打電話過去可能會打擾到她。可是我想告訴她！我想問問增山小姐她會怎麼說！」

故事是有可能會在向人敘述的過程當中編織出來的。我不假思索打給她，把吉爾伯特、故事與設定等告訴她，想到哪就說到哪。

「這孩子到底是為什麼待在寄宿學校裡呢？」

「如果他做出這種異常的事，老師們馬上就會知道吧？」她這樣問我。

我回答：

「雖然原因不明，是父母……親戚把他關進學校裡的。」

「老師們也一樣，把他當作男妓對待。即使同時在表面上責備他素行不良。」

——我這樣設定。

位於法國鄉下的寄宿制男校。年約十歲到十九歲的少年們住在學校宿舍裡面。這位少年就被關在裡頭。他有不良癖好，用出賣自己身體的方式通過考試，或是逃過上課。

當然，周圍的人都把他視作「行事連神都不畏懼的汙穢之人」，但他的自尊並未因此受傷。那是因為他內心有塊別人想像不到的部分，即使身體受到百般凌辱，依然反過來挑戰、試探甚至嘲笑對方的價值觀。此時，淡褐色肌膚、有一半外國血統的混血兒少年轉進這所學校，縱使備受歧視，依然懷有堅定不移的正義感。轉學生直直針對與他同寢室的少年而來。

「這兩個人八成會墜入情網，因為他們的共通點，就是都很孤獨……」

「是禁忌之戀！嗯嗯！」

電話另一頭的她反應真的很快，也很準確。

我的故事東缺西漏，到處是洞，面對她的提問也有答不出來的地方，甚至連清楚的故事線跟起承轉合都沒有。但她已經對此產生興趣，這對我來說十分重要。因為，面對沒興趣的東西，就算把大把鈔票堆在她面前也不會理會，她就是這樣的人。

實際上，說起自己不在意的作品，她一點也不留情。面對能讓她覺得有趣的事物，她會很雀躍。在那個當下，設定、場景一個接一個地建構完成，順暢得彷彿飆車一般。那已經是我一輩子唯一僅有的一次經驗。

從那天過了很久很久之後，這部作品的名稱才訂為《風與木之詩》。

我之所以與她相遇這麼短的時間就親近起來，還有另一個原因。是我與她都很喜歡少年。念中學時起，我們對少年們的集團就很感興趣，對於與自己同性別的少女則不然。比如說少年合唱團或銅管樂隊等團體、持竹刀打鬥的少年、彼得潘等等。每次與她聊天，「志同道合」的感覺就越來越強烈。我們倆意氣相投，都非常喜歡維也納少年合唱團，與作家稻垣足穗[25]的名著《少年愛的美學》。

順帶一提，這裡說的「少年愛」，並非指年長男性與少年間的戀愛，而是指同年或年齡相仿的少年之間產生的戀愛。

在文化方面我受到的薰陶不如她多，幾乎不聽音樂，連接觸唱片的機會都很少。念中學時有張唱片，父親光看封套以為是聖誕歌曲就買下來，結果是維也納少年合唱團的錄音，是我唯一僅有的唱片，我非常喜歡，所以帶到東京來。我告訴她這件事，她得知後非常興奮：「妳為什麼會有這張！」用大有一副要搶過來的樣子說：「那張我沒有，我要我要！給我！」

「耶？不要啊～我很珍惜它的！」

「與其被妳持有，不如給我比較有意義啊！」

「才不給妳咧～」

雖然我幾乎不關注音樂方面的事情，但不知為何，唯有這張唱片，我深深相信它的聲音，關係到我這個人存在的核心部分，所以我不會讓給她。

少年在這短小、不安定，宛如一張薄紙的時期才會有的，透亮的聲音；明知再過一下子身體跟聲音就一定都會消失的、那種殘酷的美。這些，稻垣足穗在《少年愛的美學》當中解釋得很清楚。我不知道這位作者是怎樣的人物，但我是受「少年愛」一詞吸引而買下這本書的。讀了以後，我感到長年的疑問立刻冰消瓦解。

——原來如此，原來是這樣啊。

而她幾乎跟我同時買下並閱讀這本《少年愛的美學》。我們理所當然非常激動。

「妳也有這本書?不會吧?也太巧了!」

「一定是有某種東西在互相呼應!這是神明的指引吧?」

我們孩子似地開心大叫,一邊興奮地交談,甚至忘記時間的流逝。

身為創作者,若跟系統性思考事情的人講話,思緒會得到整理,全新的地平線會在腦中展開,感覺很舒服。我一面感受著宛如正在接受諮商的舒暢,一面心裡暗暗決定:要畫出一部盡可能接近自己本心的故事。

作為創作者,畫出一篇真正的故事。

雖然進展並不快,我開始慢慢推展故事線(整體架構),試圖編織出一個我能確定除自己以外沒人想得出的故事。

我們倆電話打得非常久,講到黎明破曉,話題東跳西跳。我並沒有拉出一條明確的故事線,該怎麼說呢,是一邊介紹少得可憐的設定以及情節的片段，一邊慢慢讓故事飽滿起來的。

明明只有模糊的形象，我卻是透過解釋給別人聽的方式，來塑造登場人物。

有人能訴說真是太好了。在對話當中，我構想出的故事當中的空缺漸漸被填滿。我只能構想大架構的作品世界。面對她的提問，當我回答「哦，那點啊，是由於這樣的原因」、「因為吉爾伯特是在不健全的環境裡長大」時，即使我覺得某些點子很棒，卻意識到那些其實不過是還很模糊的想像片段，讓我瞭解：「啊啊，這種地方我接下來不得不去處理。」

身為創作者若沒有討論的對象，事情就沒這麼容易解決了。當時，若我不是跟增山小姐討論，難保是否會進行得這麼順利。她擁有大量的知識，在這個主題上，她很擅長為我觀照出各個面向。

電話又講了好幾個小時，此時她說：「妳等一下。」

「啊，抱歉，電話講太久了。」

「不是不是，這裡很冷，我去拿毛毯跟喝的過來，妳等等。」

她家電話在玄關。這個季節到了半夜寒冷刺骨。我興奮得感覺不到冷。結果我們從晚上十點到隔天早上六點，連續講了八個小時。

我講到幾乎沒聲音，幾乎是放下話筒就倒頭睡去，同一天下午，她來到我櫻臺的公寓，說「我想看畫」。

「妳也有畫出來對吧？」

她陪伴了可說是處於發燒狀態的我足足八個小時，我真的很開心。我繼續說著自己想要表現的美好，然後景象漸漸成形，非常高興。我從來沒有這麼強烈地感受到，有人理解我，是如此幸福。

當時我打從心底覺得：啊啊，若能一直待在這樣的環境裡畫下去，該有多好。

4 大泉沙龍

「我有個提議……妳要聽聽看嗎？」

講超久電話的那天晚上過後沒幾天，增山小姐這樣對我說。

「我是說，我家對面有棟兩間相連的長屋[26]，其中一間空出來了。把萩尾小姐也找來，跟妳一起住，怎樣？要不要像常磐莊[27]那樣大家住在一起呢？我一直都覺得，若是少女漫畫界也有這樣的地方就好了。」

「這很棒耶！」

我當然二話不說。

「有妳跟萩尾小姐在就太完美了！我擔保，一定會有各式各樣的人聚集過來。」

「或許，這會導致某個改變少女漫畫的契機也不一定呢，兩個人總比一個人好，三個人又比兩個人好！」她說。

「可是萩尾小姐那邊還沒辦法。」

「試著再跟萩尾小姐說說看嘛。而且她確實是想來東京的，我也會試著去說服她。」

「也是，必需的家具電器什麼的都齊全，她只要人來就ＯＫ了！」

對於有志成為漫畫家的年輕人來說，「常磐莊」一詞已成為他們的憧憬。就如同少女漫畫中也常以寄宿學校為舞臺背景一樣，就算看在沒有想當漫畫家的人眼中，也會覺得同年代的年輕人聚在一起共同生活充滿了故事吧，更別說同住的對象是萩尾小姐了。我當時滿羨慕萩尾小姐與增山小姐是筆友，兩人還親近到增山小姐讓萩尾小姐借住在自己家裡，聽到這樣的提議我怎麼可能不高興。

「好啊！我跟萩尾小姐，就來畫出能改變少女漫畫的東西吧！」

坐而言不如起而行。我的決心比從前更加堅定：我們必須畫出令人驚豔的好作品！

「不必非要租妳家對面的房子，我也會去找別的公寓。」

「嗯，有勞妳了！」

跟理解漫畫的朋友們直接對話，不同於書信往來，會大大刺激知性面的好奇心，感覺可以從各種角度去把握事物。從愛說話的增山小姐口中會汩汩流出豐富的知識，萩尾小姐雖沉默寡言，有時卻會一語中的，說出宛如箴言般饒富深意的話。若是我們三人能住在一起互相幫助，簡直就像作夢一樣。

跟小學館的Y先生開完會，我懷著雀躍不已的心情向他報告這個同居的構想。

「我要跟萩尾小姐一起住了。」

然而，Y先生馬上斷言：「絕對不要這樣做。」

「我從沒聽過兩個漫畫家住在同一個屋簷下，這太荒唐了。」

Y先生說話毫無顧忌也不假斟酌，一旦想到什麼不會憋在心裡不說。我感覺好像剛起了個頭就碰一鼻子灰，不大痛快。

「跟素不相關的人住在一起，即使是男生都很難，別說女孩子們了，不可能順利的，恕我無法贊同。」

他根本不容我辯解。

「這跟男女沒有關係吧？不試試看怎麼知道呢？你看常磐莊就……」

「常磐莊裡可不是每件事都高高興興的，一定也發生過很多事情啦。而且那裡不是住家，是公寓。每個人都保有最低限度的私人領域，這種事不用試就知道。漫畫家啊，並不是像那樣大家聚在一起工作的生物。妳也是漫畫家，這點妳應該也明白吧？絕對不會順利的。」

「可是，我已經決定了啊，萩尾小姐已經準備來東京了。」

「真是的，真拿妳這個新人沒辦法。妳就是這種先斬後奏的態度不討人喜歡。妳都決定好了啊，別來問我。」

他大概是放棄了，不再繼續說教，只丟下一句「我只要求工作，每一回都要好好完成哦」就離開了。

心心念念所盼望的共同生活的地方，就在增山小姐家斜對面，僅隔一條馬路，走路只要三十秒。是兩棟相連的二層樓長屋的其中一棟。我清楚記得第一次看見它的心理衝擊，光看外觀就知道絕對已經超過三十年了。

當時已經有人為我在東京準備好漂亮的房子，所以甚至不禁脫口而出問她：「難道就沒有更像樣的地方嗎？」雖然我發牢騷也不見得對啦，但這房子舊到我光看一眼就忍不住幾乎要說「拜託哦」了。

「比這好的地方有很多啊。雖然有，但這裡非常便宜，妳看，我家就在對面。總之先忍耐一下吧，好嗎？」

我只得苦笑，心想：她的思考方式的確就是這樣。如果她不待在家，就很難繼續假裝要考音樂大學。無可奈何沒辦法。我打起精神，穿越長屋前的庭院，進入玄關。

很遺憾，殘破的不只有外觀。一進去，我對內部陳設的構想全部毀滅。一樓兩坪多一點，盡頭有個小小的廚房跟更小的浴室，從玄關旁邊走上樓，二樓隔成兩間，第一間房間大概一坪半，裡面那間快三坪。實在看不出這是個打算畫出夢幻少女漫畫的女孩子們聚集的地方。這棟後來被稱為「大泉沙龍」的長屋，連公寓名稱都沒有。

一切就是從這無名的破爛長屋開始的。

我記得自己是在深秋時節搬來的，所以，我的獨居生活只持續了六個月。我搬過來後幾天，萩尾小姐就從福岡大牟田市來到東京。生活必需品我大致都準備好了，所以她就帶漫畫工具、被窩鋪蓋跟現下要穿的衣服來。我們並沒有嚴格畫分屋子裡哪個區域屬於誰，就此展開在大泉的嶄新生活。

基本的房租跟水電費，我跟萩尾小姐對半分攤。增山小姐當然是自由出入。我們把二樓三坪那間當作工作室，我用桌椅，萩尾小姐放和室桌。我面南、她面西作畫。放了兩張工作桌，剩下的空間只夠放我的床跟萩尾小姐的被窩了。

樓下兩坪多一點的房間放一張小小的被爐桌，我們倆隔桌對坐各自畫自己的分鏡。我原本很擔心萩尾小姐面對這棟破爛長屋會有什麼反應，但可能是她第一次住公寓吧，她一句抱怨都沒有，我便放下心裡大石了。

而增山小姐幾乎每天都來。每當我聽到她在自己家裡大概已經彈完鋼琴曲時，不知不覺她就出現在身邊了。從她家走路過來只要三十秒，其實就像三個人住在一起一樣。

這裡的浴室非常狹窄，也不可能好到哪去，我們幾乎每天都去增山家借浴室。後來，順便被叫去吃晚餐也逐漸變得理所當然了。

現在回想起來，增山小姐的父母光顧自己的小孩就很辛苦了，還關照她從德島跟大牟田來的兩個朋友，令人欽佩……然而這兩個朋友實際上是怎樣的人呢——明明父母原本想讓女兒從事至關緊要的音樂，女兒卻逐漸被這兩個朋友拉著一頭栽進漫畫——

才剛搬進長屋沒多久，有一幕情景令我印象深刻，我記得很清楚。那是某一個安穩的午後，在一樓的兩坪房間裡，萩尾小姐跟我照例在被爐桌相對而坐，各做各的工作。光透過面向前院的窗子照射進來，感覺非常舒服，我想要把我的心情坦率地傳達給萩尾小姐。

她那時手上在做什麼呢？她在專心進行分鏡之類的工作時，大抵應該都關在二樓，所以應該是在上墨線吧。漫畫家在上墨線時，手跟嘴巴就像兩個不同的生物，他們大多數依照每個人的風格，或一邊聽廣播，或一邊聽音樂，或一邊聊天，同時進行工作。

我記得當時，彼此應該也是正在沙沙地動著沾水筆吧。想想，從半強迫地拉她來一起住開始，接著突如其來就構築出這樣一個空間，我還沒有清楚告訴她這背後的原因是什麼。

其中一個理由是：一個人很寂寞。雖說房子破破爛爛，增山小姐把我的家定在這裡，也是這個環境一下子就實現的要因。

但，最重要的是，我期待藉由各式各樣人才的聚集，讓這裡的磁場活絡起來。我希望與前所未見的人才們相遇，可以的話還跟這些人互相刺激，生出作品。無論如何我都想告訴萩尾小姐，對我來說，她，就是我理想中「才華洋溢的朋友」。

「我呀，原本看到『望都』這個名字，跟妳作品的風格，還以為妳絕對是男性漫畫家呢。」

「是嗎？」她一邊平靜和緩地說著，手上的動作沒有停下來。

我也一邊畫，一邊一點一點地說下去。

「當時我就想：這個人畫得真好。看，之前不是有篇弓月光先生[28]畫的《詹姆與十億磅》（集英社《RIBON》）嗎？看到那篇的時候我也想：這個人絕對是男的。那次我猜對了，所以這回我就以為一定也不會錯。」

「哦？是嗎？」

「雖然對弓月光先生有點不好意思，但跟他的《詹姆與十億磅》比起來，我更喜歡妳的《爆發會社》。我一直忘不掉第一次讀到那篇作品時的感動，而且還自顧自覺得，要我跟這樣的人才結婚都沒問題！真好，我可以跟萩尾小姐一起擁有這樣一個地方。」

我跟增山小姐在搬到大泉來之前就常常聊天，但跟把她介紹給我的萩尾小姐，就沒有足夠時間可以相處得那麼親近。即使如此，我與增山小姐兩人依然強迫萩尾小姐搬到東京來住……對此我也心有歉疚，覺得自己為她設想得實在不夠。

我跟萩尾小姐還有點生疏，想要確認她來東京是不是真的沒問題，所以乾脆表白內心話，結果脫口而出「結婚」二字。雖然這樣講太誇張，但我是想要她相信我。而且，最初是萩尾小姐把增山小姐介紹給我的，我卻擅自跟增山小姐日漸親近，對此我也有些莫名的罪惡感。

她聽到這話，嚇了一跳，面對這樣誇張的求婚她害羞起來。照著節奏微微歪頭，輕笑說：「結婚！……這……很好啊。也是，我也覺得自己要是結婚，若不是跟妳這種耐得住性子的人，可能沒辦法。」

我說：「那麼……我們就好好地相處下去吧。」萩尾小姐接著說：「話說回來，好多東西妳都跟我共用，真的沒問題嗎？」

「沒問題沒問題！家具電器什麼的共用很合理啊，才不浪費嘛！」

我和她終於相視而笑，鬆了口氣。

萩尾小姐入住之初畫的是短篇《蛋糕‧蛋糕‧蛋糕》（《好朋友》），這部作品是有原作者的。她說，她把這篇故事畫成分鏡拿去講談社投稿，結果一再被退，怎麼都畫不完。

聽到我說：「我覺得沒有什麼地方不對啊。」增山小姐也說：「萩尾小姐沒有錯，是編輯白痴吧？很好啊這篇，很棒。」用她一貫的口氣。

萩尾小姐跟我畫完分鏡之後都會先拿給增山小姐看，她會對我們的分鏡分別發表批評與感想。我們聽完後，要是自己認為做更改比較好，我們就會重畫，然後再拿給她看。

原本我以為所謂增山小姐的「指錯」幾乎都只針對我。她指錯的樣子，簡直像是拿嚴酷至極的用詞當作炮火集中攻擊似的。比如，她會這樣講：

「妳在想什麼啊？為什麼不乾脆去死一死？畫出這種作品，怎麼還能悠哉地活著？妳不覺得可恥嗎？」

她就是這樣講的，我原句照錄，一個字都沒改。

不過另一方面，她一直都是很認真地在生氣，認為「妳們有這樣的才華，端出這樣的東西就滿足了？我實在不敢相信」，這讓我感到她很信任我們的才能。我重畫之後下去一樓再一次拿給她看，她會一改過去的反應表示：「嗯，比起剛剛有大幅度的進步。」

萩尾小姐跟我給對方看分鏡時就很輕鬆，我們對彼此作品的批評，當然沒有像增山小姐那麼強烈，一方面是顧慮到彼此都是漫畫家，我們說的，是同為創作者某種程度分享彼此喜好之下的感想。

說到萩尾小姐的《蛋糕・蛋糕・蛋糕》，編輯對這篇作品的指錯超乎尋常，我不是很能理解編輯的意圖。

跟現今相比，當年編輯無法把所謂他們的「意圖」明確地傳達給我們，可能是缺乏這方面的技巧吧，漫畫家常常覺得他們的判斷失準，心懷不滿。簡單來說就是缺乏企劃性；或許說，從一開始就沒有企劃性。

從一開頭，負責發案子的人在電話裡劈頭就只說：「妳可以在〇月號幫我們畫△頁嗎？截稿日定在×號，拜託妳了。」

雖然我覺得現在發案已經不會這麼草率了，但在當時聽到對方這樣說，往往都表示大事不妙。

我所嚮往的討論與企劃會議，比如編輯會滿懷熱情這樣說：

「往年這段時期讀者會有反應的都是這類題材，這點也很顯著地反應在回函跟銷售量等數字上面，這次我們有部新作品的工作想請您務必接下，希望您從這個範圍當中去做發想……」

但在現實當中，他們就只是人過來，告訴我們頁數以後就旋風般離去，而且離開的時候還說：「下星期預告頁就非上不可，拜託您了！」

這樣實在是太粗糙了，完全掌握不住一點可供思考的線索。

我也常常聽到有人跟我說：「我們已經決定集合〇〇先生小姐、△△

先生小姐，以及竹宮小姐，做一個『年少三人組』的特集企劃，拜託您了！」之類的話。我認為，問題在於作品的內容吧？但大致來說，操作往往根本不夠細緻周詳，不足以讓我們拚命思考、拚命完成每一個細節，好讓該期刊物在當時能受歡迎。

回來說《蛋糕．蛋糕．蛋糕》。萩尾小姐這個人不會輕易讓不滿溢於言表。不過，聽到編輯這樣跟她說，她便露出無法接受的表情，陷入沉思。

這篇分鏡，雖然是漫畫化的東西，同時也有因描寫實際上烤蛋糕的場面才會醞釀出的現實感。該作品縱然有原作，也是萩尾小姐親自到蛋糕店盡可能鉅細靡遺地取材後畫出來的，裡頭凝聚了她對作品的堅持。

若是全盤接受編輯的意見，故事前後便接不上了，這讓她很煩惱。

此時，增山小姐便從頭到尾扮演鼓勵創作者的角色。她說：到哪裡算是謹慎，到哪裡算是自以為是，這些身為創作者必須最重視的事情，編輯是不可能瞭解的。所以，就盡妳所能，發揮到極致吧，把妳懷著自信想要表現出來的東西全部拿出來。

「而且，最終給出答案的，是讀者啊。」她說。

說到底，編輯跟創作者誰比較優先？當然是創作者了。描繪的內容跟方向是由作家決定的。到頭來，編輯無法改變作家選擇的方向。此時編輯能說的，就只有「刊登」與「不刊登」而已。

最後，萩尾小姐在那之後還是跟之前一樣一再被退稿，我便說：「要不要找Y先生談談看？」邀請她把作品拿到小學館。

我不記得之後是聽誰說的了，Y先生看到她的作品好像就立刻說：

「妳之前被退的作品，小學館全部買下來。」

就這樣，萩尾小姐在小學館的初登場，一下子就決定了。

「妳看吧！果然！」一視為對手的夥伴得到認同，我打從心底感到滿足。同時我也很坦率地驚訝：「了不起，居然會有這種事！」

於是在這一年，十二月來臨前，三島由紀夫事件[29]發生，社會一片譁然。但，正如同他那一聲「政變」（coup d'état）響徹雲霄，日本的經濟狀況開始好轉，漫畫雜誌的聲勢一枝獨秀，日益高漲。

一九六八年創刊的集英社《少年 JUMP》[30]雖然晚了先他起步的少年漫畫誌九年。但《小鬼當大將》、《無恥學園》、《太空球團》[31]等作品的走紅，逐漸抓住了電視世代的心。

5 少女們的革命

時序進入一九七一年，我總算習慣了在大泉的生活。

增山小姐幾乎每天都斜斜橫跨自家門前的馬路過來，然後就好像一直都住在這兒似地待在這裡，看我們的分鏡跟原稿、聊天，直到半夜才回去睡覺，日復一日周而復始。只有她人不在長屋的時候，她練琴的聲音才會從馬路對面傳過來。

在她的住家對面，住著兩個剛滿廿一歲、離家在外的漫畫家們，增山小姐不過是個一再嘗試報考音大的重考生，在社會上其他人眼中，她僅僅是個微不足道的存在，彷彿一陣微風就會被吹跑。然而她讀著我們的作品，相信總有一天，就算是一件微小的事情，或許也能改變世界。

「現在社會上不是正在吵安保嗎？手裡拿著武鬥棒叫囂：『我們要改變世界』、『我們可以改變世界』之類的。妳認為呢？我認為那樣做，絕對什麼都辦不到。」

我想起在家鄉德島讀大學時的事。現在想想，他們也差不多是這種感覺。嘴巴上說說，卻沒有伴隨著實際的生活或行動。

「我不相信現在的學生運動。我從讀高中開始就不相信學生也不相信大人。那些人雖然嘴上講的都是一些很難懂的話，卻一點也不明白自己講的到底是什麼意思。他們做這些不但什麼都改變不了，反過來說，日本這個國家根本不會被這種事情改變。」

然後，她繼續說：

「比起那些，大家應該先各自去做自己能做的事。我們呢，首先就是眼前的『漫畫』，少女漫畫，對吧？就去改變少女漫畫啊，然後去掀起少女漫畫的革命。」

我與她心有戚戚焉。這下子，我才真的有「著地了」的感覺。是誰、為了什麼而去做，就此清晰了起來。那麼，具體上要改變什麼？怎麼改變？從過去到現在，當我構思、描繪漫畫的時候，有沒有抱持所謂具體的目的或目標、意義呢？

過去，只要自己畫的漫畫能讓某個人開心、讓某個人讀到，我就已經很高興了。一旦開始模糊地去思考這些事，她說：「縱然純粹只是巧合，但由於妳們出現在我面前，有件事情就變得很清楚：或許妳們自己還沒有意識到，但妳們身上擁有某種東西，可以從根本上去改變少女漫畫。」

我毫無保留地接受她的熱情與期待。

「我呀，只喜歡真正的好東西，戲劇啦音樂啦、美術、電影等都是，當然漫畫也是。從今以後，我也打算只看、只聽一流的作品，也希望大家都這樣。我自己也畫過漫畫，但終究無法跟妳們匹敵，所以放棄了。但是呀，我知道什麼東西是一流的。所以，我希望妳們能成為我所認可的一流漫畫家。」

被東京人稱道成這樣的「一流」到底是什麼？我也希望把那些立於全世界才華頂點、發光發熱的人聚集起來，我能在一旁看他們、讀他們、聽他們！

萩尾小姐的心情應該也與我相同。

曾幾何時，我們三人之間的距離越來越近，甚至能夠互叫暱稱。萩尾小姐叫望大人，增山小姐叫小法，我則叫小惠。

增山小姐宛如舉旗站在隊伍前頭的領路人。幸虧好幾個她高中畢業前的朋友都已經出國留學，能夠順暢地第一時間取得國外的資訊。

聽到知名交響樂團要來日本公演，她會說「這要是去歐洲聽得花幾十萬日圓呢」，聽到美術展覽中有名的畫家要開回顧展，她會說「我們有生之年都不會碰上第二次了」，接下來會詳細解釋給我們聽。這些解釋越是誇張，越是提高我們親臨觀看之前的期待感。我們會想：對啊，這個作品說不定再也看不到第二次了。

「一流的東西不是那麼多。賣座的、流行的，要多少隨時都有多少。可是一流的東西非常少。而且在國外被稱作一流的，即使進來日本，也非常罕見。可是，碰巧進來的時候，我希望妳們絕對、一定要去親身體驗。一定不會讓妳們吃虧的。」

搬到大泉後，我看電影跟觀賞繪畫的機會比之前多了。我的文化素養也有飛躍式的成長。

「話說回來，沒聽過音樂、也沒去看畫，什麼都沒做，老說沒有沒有，妳過去是以什麼為基礎創作故事的啊？」

她雖驚訝，但要是找到了引發討論話題的作品，會立刻懷著更勝以往的熱情推薦給我們。

我們最常去的電影院是池袋的文藝座。總是同時放三部片子，三部大約四百五十日圓，我們當然三部都看。反正人都出來了，看一部跟看三部還不都一樣。若是搭配放映的片子與我們預料的相反，很有趣的話，當然令人開心。也遇過原本不抱興趣的片子反而給予我們刺激。文藝座的這點我很喜歡。

看完電影後我們一定會一起茶敘。走進喫茶店吃吃喝喝，然後聊天。增山小姐會告訴我們那些片子相關的詳細資訊。她會詳盡敘述導演問世、開始受矚目的經過為何，片子的背景、演員們過去曾經演過哪些作品，劇本優秀之處在哪裡，埋伏筆的方法跟故事結構等。

萩尾小姐與我一邊喝著冰咖啡與紅茶，總忍不住互相討論一些「那個場景的運鏡是從這邊這樣拍的吧？然後鏡頭這樣拉，很棒」或「那一段演員穿的衣服是聖羅蘭設計的吧？另一位女演員的禮服材質是絲綢的」等等這類表現上的細節。

我跟萩尾小姐只看一次，就可以直接把影像以視覺的形式完全記下來，所以能夠把各自感興趣的畫面構成的有趣之處拿出來互相核對。

這種時候增山小姐就會馬上閉嘴不講話，說著：「畫漫畫的人為什麼感覺會差這麼多？」一邊聽我們講話。

增山小姐看電影時關注的重點是故事，我們則把重點放在視覺，感覺上是「看」優先於「想」。故事之所以有趣，也是因為有畫面（視覺），才顯出其趣味。面對的是繪畫也好，電影也好，我們關注的是畫面如何、構圖如何、以何種技法去表現。

有人會一再重看同一部電影。增山小姐就是這種人，我一直覺得很不可思議。話雖如此，我若在短時間內重複觀看，感想也會變，所以我不大喜歡這種看電影的方法。不知為何，同一部電影看第一次跟看第二次，印象會完全不一樣，不能好好地讓記憶落定。只不過，若相隔幾年後再騰出時間去看，過去的感想與現在的感想不同，倒是滿好玩的。

隨著兩人一起行動的機會增加，會在各式各樣的狀況下，發現自己與他人的不同，也能開始瞭解到，讀者的價值觀會因人而異，而且差異相當大。

電影、美術展、音樂會或買東西結束之後，我們一定會茶敘，大約一或兩小時，長的時候約三小時。能夠去做過去自己無法經驗到的事情很開心，像這樣出個門可以喘口氣，也是學習。看電影時，即使把三部影片的票錢算進去，加上咖啡跟餐費，大約一千日圓左右就能打發。

「今天晚上哦，今天晚上。可以嗎？八點，在我家集合。」

增山小姐過去曾在新宿「日本藝術影院行會」觀賞過塔可夫斯基的名片《伊凡的少年時代》，深受感動，那時NHK要播放這部片了。過去她就曾極力推薦我們，只有這部片一旦有地方放映就一定要去看，然而久久沒有戲院上映，所以雖然是電視臺播放，她還是非常期待。

播放開始前，增山小姐很快地一一細數塔可夫斯基創下的豐功偉業。

而我們要看到的這部片子，是塔可夫斯基少見（雖然這樣說對他很抱歉）故事性清楚、劇情脈絡易懂的作品。也就是說很催淚，明明沒有描寫催淚的部分，卻深入人心、令人落淚。它是黑白片，但能讓人感受到顏色甚至溫度。登場角色的感情起伏深深打動了我。肌膚所承受的、濃縮的悲哀透過我的血液流遍全身，與遺忘在內心最深處的其他顏色混合在一起，產生出一種尚未化成畫面的柔軟事物。

主角描寫為一個徹底與人為善、對他人付出善意不求回報的人，甚至讓我覺得「無聊」，但導演最後讓觀眾對他從這個世界永遠消失懷抱一種失落感，我對這位導演的手法佩服至極。這簡直就是「反話」式的描寫能力。在戰爭面前，人們的日常行為變得不值一哂，但正因如此，才能夠強烈表現出反戰的意旨。導演並非大聲疾呼反戰，而是持續溫柔地描述著每一個人，這是他「堅持」的勝利。

我想起自己的學生時代，曾為了人的存在太渺小、所以才應該要愛、作為人不論善與惡都擁抱，以及人類的無奈而落淚。

那時我也曾為了世上的不公不義無法永遠被消滅而哭泣，哭完了之後，我獲得了一種奇怪的洞見：「沒辦法，世人有罪。一輩子都無法得救也是理所當然，所以，也可以說世人很可愛。」

增山小姐的優點在於，她會不厭其煩熱情地介紹我們優秀的作品，滔滔不絕闡述自己的意見，之後就看我們要不要吸收以及要吸收多少，別的什麼也不求。而且她真誠不說謊，不依權威或人際關係下定論。將公平貫徹到底，這是她的特長。

即使一流作品被視作三流，面對好的地方她就說好，不好的地方就貶斥它。可是這些從頭到尾都是她的想法，若對方反駁，她就只會說一句「是哦」，然後就再也沒有第二句話了。

她這樣的人，對於邀請到大泉來的粉絲們，也會依照粉絲信的內容作嚴格篩選。

雜誌都會定期刊載我與萩尾小姐的作品，於是，也就是在那時期，讀了這些作品的讀者，便開始從四面八方一封接一封地寄粉絲信過來，其中還有熱情的粉絲會直接找上門來。我過去也曾經這樣，不忍心把那些從鄉下特意前來的人拒於門外，所以後來決定事先訂好日期時間，邀請那些我們挑選好的人過來。

「這次也精心挑選出來嘍！」我與萩尾小姐手上正忙著各自的工作，

此時增山小姐手拿信件走進來。我與萩尾小姐都不會挑剔說「這個人有點這樣那樣……」，一切都交給她。看到粉絲信中有人意見出類拔萃，或我們覺得畫得很好的，大致上她都已經先為我們選出來了。

不知是誰、又是從什麼時候先開始這樣稱呼的，讀了作品、對我們這兩名作者懷抱憧憬前來相見的粉絲們，應該滿驚訝我們這座「大泉沙龍」竟是間兩坪多一點、放著被爐桌的房間。

邀請來的粉絲當中，包括當時還在金澤念高中、繪製同人誌的坂田靖子[32]與花郁悠紀子[33]，坂田與花郁小姐利用暑假暫宿在這裡。

於是在這其間，增山小姐多方強力說服她們，說起來就是那些「關於我們打算掀起的少女漫畫革命，我們的下一個世代——就是妳們，也要加油哦」之類的。很多編輯看到她那副樣子都苦笑說：「增山小姐妳不要一直跟神父一樣在傳教啦。」她的職責原本是編輯應該要做的，所以可能會有點讓人不自在吧。

不只這些粉絲而已，我們閱讀的漫畫雜誌當中若有畫出嶄新作品的新人，與她們也有機會認識的話，也常常受邀到大泉沙龍來。

他們若要來拜訪，我們也非常歡迎，增山小姐超愛打電話跟寫信，聚集過來的人慢慢地越來越多，不到半年，感覺上就經常保持在幾個人一起住在這裡的狀態。所幸，大家都是同行，後來感情好到忙的時候可以互通有無幫忙作畫。同行價值觀也相同，總有聊不完的話題。

笹谷七重子[34]在這裡寄宿半年之久。從北海道來到東京的出版社投稿，所以大泉就成為她的臨時落腳處。山田美根子[35]則是笹谷小姐的筆友，被笹谷小姐拉來幫忙畫她在大泉完成的作品，我們才因此認識的。

至於伊東愛子小姐[36]，我則是以收到她粉絲信為契機，邀請她前來準備餐點以及擔任作畫助手。我是在她於《週刊 Seventeen》（集英社）[37]上出道前大約一年半請她過來的。城章子小姐[38]原本是石之森老師的大粉絲，後來石之森粉跟手塚粉也會來沙龍。

櫻澤未知小姐[39]則是萩尾小姐的大粉絲，進入沙龍的契機是寫粉絲信給萩尾小姐裡面還夾著履歷表。佐藤史生小姐[40]一開始也是寫粉絲信給萩

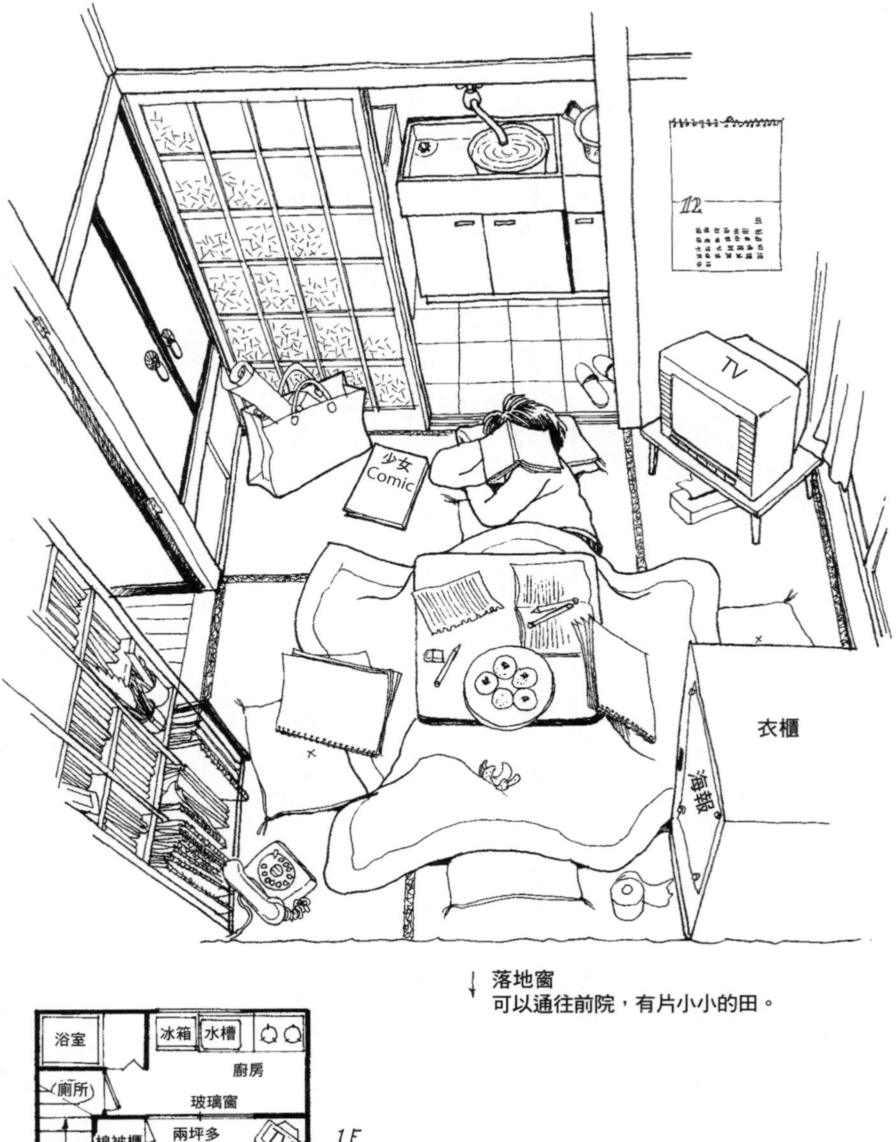

↓ 落地窗
可以通往前院，有片小小的田。

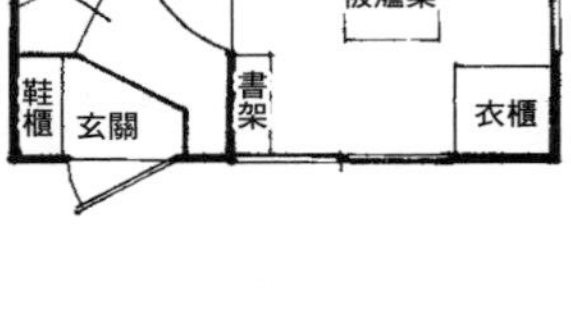

1F

大泉沙龍　一樓

尾小姐的，就是她把科幻題材帶進大泉，並讓它流行起來。她遲至數年後的一九七七年才出道，隔年的《金星樹》（《別冊少女Comic》）就是她的傑作。她與增山小姐特別意氣相投，兩人一直親厚交好，直到她二〇一〇年去世為止。

至於生活費，只要盡到「若妳介意的話我們也會收」的義務就好，食材費也沒有像現在這麼高，彼此幫忙畫原稿也不支付助手費，先欠著，下一個工作再當對方的助手還回來。有一陣子「用身體還債」這樣的說法還滿流行的。

大泉沒有「男賓止步」的禁令。雖然沒有積極主動地去邀，除了編輯以外也有其他男性來訪過。在石之森製作認識的原首席助手櫻多吾作先生[41]，出道前的大和田夏希先生[42]（之後在《週刊少年MAGAZINE》以《Toughness大地》走紅），我還在德島的時候，大和田先生就給我寫過粉絲信。「夏希」這個筆名是他決定出道連載時我幫他想的，拿來代替他的本名「守」。他會就這樣晃過來，躺在那邊滾來滾去，講了一點話之後就

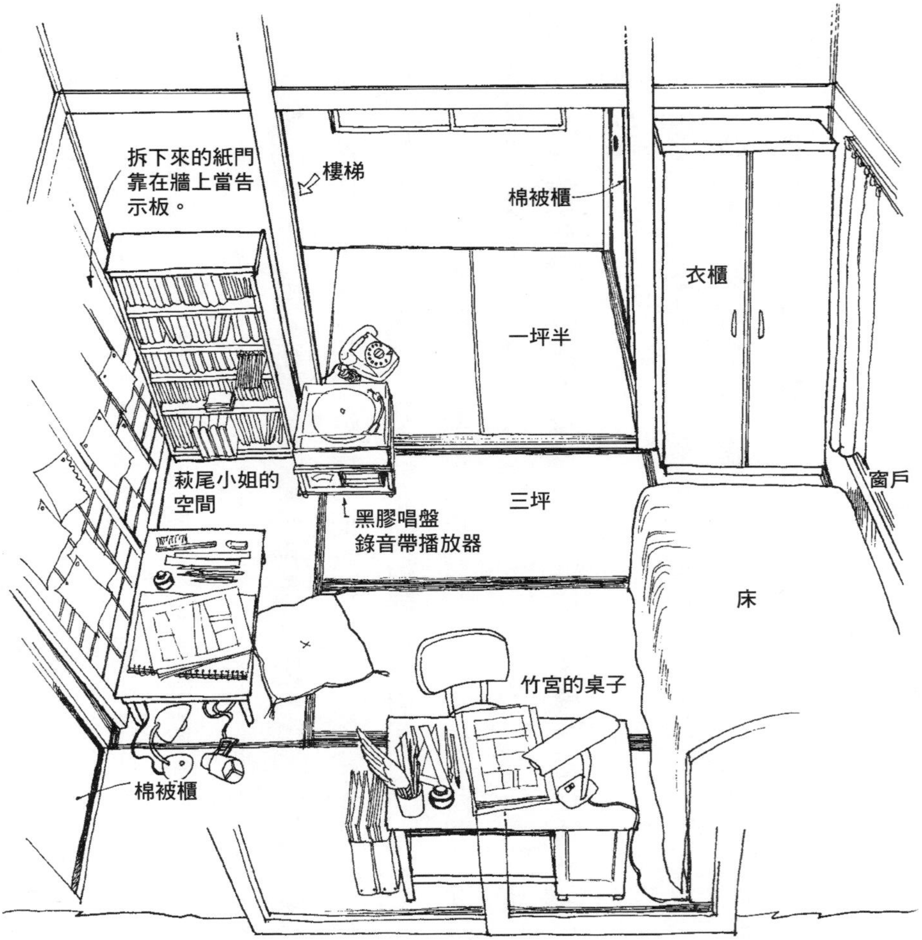
拆下來的紙門
靠在牆上當告
示板。
樓梯
棉被櫃
衣櫃
一坪半
萩尾小姐的
空間
三坪
窗戶
黑膠唱盤
錄音帶播放器
床
竹宮的桌子
棉被櫃
陽臺
牽牛花當作綠色植生牆。

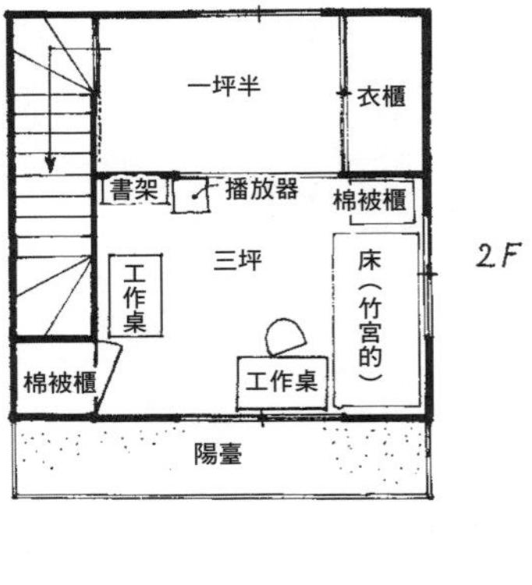
一坪半
衣櫃
書架
播放器
棉被櫃
三坪
工作桌
床（竹宮的）
2F
棉被櫃
工作桌
陽臺

大泉沙龍　二樓

又回去了。

男性編輯會因為工作常常過來，討論、等原稿、談天說地、小吵一下……曾經Y先生喝了點酒以後過來，我還做拉麵給他吃過。

坐進被爐桌，這裡有人在上墨線，在二樓有人畫分鏡，某個人在煮飯，誰又跟誰正在認真討論。我在工作當中，驀然抬頭一看，眼前非常自然而然地展開一片這樣的情景，胸中不經意充塞著一股滿足感，心想：好理想的環境啊。我之前想要的就是這個。

在這棟大泉當中，最常出現的話題，就是當今的少女漫畫業界都處在一個貧困的環境裡。

「或許妳們沒有意識到，大家工作的現場，簡直就是《女工哀史》[43]的世界嘛。」

登高一呼的人，不用說，就是增山小姐。

她總是試著揭櫫一些簡單的計畫，讓狀況往好的、有利的方向去改變，即使只有一點點也好。把她的目標列舉出來一看，充滿了少女的滿腔熱血，內容與當今的勞動問題所提出的也沒什麼兩樣。

第一是漫畫雜誌稿費的問題。我們畫一張原稿的稿費，比男性創作者低！

第二是單行本版稅的問題。不知為何也比男性創作者低。

還有漫畫表現的限制問題。當然我們也不是要愛畫什麼就畫什麼，但即使如此，出版社或編輯部會因自身狀況常有自我設限，我們也常被迫採取時下受歡迎的典型的表現方式。他們依舊希望「少女」這個角色只要天真爛漫可愛就好，我覺得這是沒有用的歧視。

加上出版社（或編輯部）獨占創作者的問題。在小學館，只要完成遵守截稿日、維持住人氣等條件，去接別家的工作沒什麼特別的問題；但依照各家不同，越來越多出版社拿較低的契約金就跟創作者簽下專屬契約，還不允許投稿別家。漫畫家明明是自由業，自由本身卻遭到剝奪。

我們也注意到編輯工作現場女性員工很少，勞動條件也差。尤其大型出版社，幾乎不錄用女性員工，就算靠請託進去，常常短時間內也會遭到解聘。製作少女漫畫的人當中，男性員工占壓倒性多數，大大偏離雜誌「貼近女性的心情與處境」的宗旨。我並非想要一個全是女性的編輯部，只是覺得這樣太不平衡了。

我自己在開會討論的時候，都經常會怒上心頭：「這樣子，兩邊的話根本沒有說通的一天嘛！」「你居然敢說你是真的想做少女漫畫？」

一九七〇年代初期，這種荒謬的事情還相當嚴重。當然這不只發生在漫畫業界，只要原本應該是支撐日本文化的場合發生這種事，起來提出抗議就顯得意義重大。因為自己當年就是站在弱勢立場的年輕人，所以很容易理解到：若我們不為了堅守自己的權利而大聲疾呼，誰會為我們守住？

我記得其中自己十分關注「女性作家的稿費至少要跟男性一樣」此一議題。沙龍的成員當然很在意彼此的稿費，所以都坦承不諱。大家都是新人，差別不大。一頁大約兩千五百日圓。我們會猜測厲害的老師們當中哪位稿費最高，裝作不經意地向認識的編輯打聽。或許這樣很八卦啦，只不過，感覺上稿費提高，直接關乎作品的評價與對創作者的敬意，每個人都很在乎。

大家最常提及的名字，是千葉徹彌老師[44]。聚集在大泉的成員當中的某個人，似乎曾聽說過他是全日本稿費最高的漫畫家。《小拳王》受歡迎的程度甚至造成社會現象，所以大家都覺得很合理。

「那，是多少啊？」

「雖然是謠傳啦，但聽說一頁是五萬日圓哦。」

「咦咦咦咦？五萬！」

我們這個等級完全無法想像。看著眼前的原稿紙，我喃喃自語：這會變成五萬日圓嗎？

「五萬日圓，一回十六頁的週刊連載，那會賺多少啊？」

「月薪就三百二十萬日圓了耶！」

「不包含版稅？版稅還會另外付，是吧？」大家激動地嚷嚷起來。順帶一提，一九七〇年代初剛出社會的上班族月薪大概四萬日圓左右。

就連我們也互相討論：自己也能成為這樣的漫畫家嗎？

原本這項消息就完全沒有可信度，但大家不管，依然自顧自地聊下去。

某人說：「不覺得少女漫畫的世界有點不大一樣嗎？」某個人回問：「少女漫畫不一樣？是什麼意思？」

「哎呀，看看少女漫畫整體的銷量，大約是少年漫畫的十分之一吧，所以會比較便宜啊。」

「可是呀，賣座的人就必須付出相對的助手費啊。」

「啊，《小拳王》還要付梶原一騎先生原作費用啊，版稅難道要打五折？」

「可是，要怎麼讓稿費提高呢？」

沒錯。稿費到底是怎麼定出來的呢？聚集在大泉的夥伴們，在問過各自認識的同業後，看來是每年年末會調漲。

注意到這點後，我查看每個月的匯款明細，就算我們是新人，稿費還是每年略略提高，大約數百日圓左右，所以我也很想知道這個金額根據的是什麼。雖然只有一點點，但的確有在變高，可沒有人告訴我們，這也滿奇妙的。這個業界為什麼大家都不說清楚講明白。拿我來說，原稿刊登後一個月，匯款通知就會送來，看了上面的金額，才知道原來可以領這麼多，一貫流程都是這樣。這麼大一間出版社，到現在依然完全沒有改變。我曾經趁Y先生來的時候問過他這件事。

我把當月的匯款明細跟前一年同月的匯款明細拿給他看，問他：「這是我的稿費，提高了對吧？」於是他說：「公司賺錢啦，原本就應該每年漲五百。」

我當年的稿費是一頁兩千五百日圓。連載頁數不可能像當紅創作者那麼多，即使如此，一頁漲了五百我還是很開心。高度經濟成長萬歲（我沒注意到物價也一起急速飛升了……）。

「今後也會繼續調漲嗎？」

「嗯？妳有什麼不滿嗎？」

「沒有，我沒出社會工作過，所以我想知道這其中是怎麼運作的。」

「一般公司業績提升、賺錢的時候，就會把賺到的錢回饋給員工。雖然妳們不是公司員工，也一樣可以分到。」

「哦……原來是這樣。」

他告訴我：「可是呢，創作者如果不提，原本稿費是不會調漲的。有些人畫了很久稿費都一樣。所以正確來說，說到底，如果妳沒要求漲價就不會漲。長期休載的人也不會調漲，因為他沒在工作。持續工作的創作者，也可能會依照當時對他的評鑑來調漲……我所知的就是這樣。」

「哦哦，那麼，如果有人稿費已經升到非常高，反過來也就很難再繼續往上漲嘍。」

這很好理解。沒有人知道出版社明天的銷量，所以也被人嘲笑是八大行業。

「少女漫畫的稿費最高大概是多少錢？」

「嗯……三萬吧。這應該是上限了。可是如果所有人都領一頁三萬，做一本雜誌光是稿費就得花多少啊？」

我以週刊誌一般的頁數乘以三萬，算下來數字非常驚人。

「對吧？這就是經營上的漏洞。而且，囊括各式各樣的創作者比較有趣對吧？因為是『雜誌』嘛。」

「那，若稿費高的人畫不出有趣的故事了，會怎麼樣？稿費會調降嗎？」

「不能調降吧？一旦漲了就不可能再降下來。所以很難啊。雖然這很難講明啦，只要無法確定這個人畫的東西會有趣到某個程度，我們也不會再向對方邀稿了啊……」

Y先生好像把不需要講的話也講出來了。

「Y先生，能不能幫我把稿費再調高一點呢？」

「這我要先跟責編討論。」

所以，我曾經大概有兩次在年尾若無其事地要求責任編輯幫我調高稿費。之後開始變忙，就沒有空餘時間再去交涉了。

一旦忙碌起來，比起稿費，更加迫在眉睫的痛苦就是「截稿」，在大泉沙龍，與此相關的事情也變多了。

關於這個截稿的話題，大家也交相大肆抱怨，其中混雜著對自己能力的失望與苦惱、對催稿編輯的各種積怨。

原稿永遠畫不完。於是便從手上沒事的人開始，大家輪流跑來當助手幫忙。因為明天就會輪到自己，有時三、四個人就像命運共同體一樣，全力支援畫一部作品，甚至還曾經發生過大泉沙龍成員們全都一起被關在旅館裡趕稿。這種情況下產出的作品，有時畫在同一頁裡的角色們，筆觸還會有明顯的不同。

至於我呢，因為一直為同一本雜誌、同一家出版社作畫，不但到最後對各家不同雜誌的截稿日都很清楚，還常常為了配合這些截稿日畫得真的很趕。

來過大泉玩的人，或在漫畫家間的派對上有過一面之緣的人，若跟我進入同一本雜誌畫漫畫，一定會打電話來問：「嗳嗳，告訴我即將進稿的《週刊少女Comic》真正的截稿日」或「雖然編輯告訴我是〇號，但最晚最晚可以延到什麼時候」。大家都想知道「很趕很趕」真正的「最終死線」究竟在哪。為了維持住自己作品的品質水準，所有人都想要努力到最後一刻。就連一句臺詞也想修得更好，到最後，截稿日就越拖越晚了。

而當我們離截稿還有些日子，空閒充裕之時，就相約去看電影……

「嗳，有部很有趣的電影上映了，要去看嗎？」

「好啊，我〇號截稿，要是過得了的話。」

「OK，我也可以配合妳。」

「那，看完之後要去哪裡吃？」等等之類的。

每週都會有截稿日，慢慢地，這個約定就會逐漸變得無法遵守，真是學不乖啊。

6 不滿與焦躁

二十年內要改變這個業界，要讓少女漫畫革命成功。

想是這麼想，若說到具體要怎麼做，我只能畫出好作品。我認為，站上被社會認可的地位，才能讓自己的要求容易為他人所接受。

增山小姐說：「若要把條件一一達成，身為漫畫家的妳們必須要有好的資質。」

「大家每一個人都畫得好。數大就是力量。好作品賣高價，這不是理所當然嗎？可是對方光是給好價錢卻提出毫無根據的要求，妳還接受的話，只不過是當濫好人而已。無聊的三流作品便宜賣也無所謂啦！加油啊，小惠，妳是能畫出了不起的好作品的啊！」

她說：妳可別畫這種眼睛睜得大大的小女主角打開窗子，畫面遠方畫著艾菲爾鐵塔，主角低語「是巴黎啊……」宛如甜甜點心般的少女漫畫。

「真是的，這簡直就是『妳說巴黎這裡就巴黎』嘛。不是那樣啦，要畫主角在走路，地上是石板路，讀者甚至能體驗這位主角腳邊感受陣陣沁人的寒氣，要表達出這些啊！我想看這種認真的故事啦。」

我想大家都有這種感覺。就算只討論這類真實性的問題，應該也不缺話題。

實際上，沒有人的想法會完全一模一樣，所以，隨著夥伴越來越多，大家就會爭論得很凶。工作沒那麼忙的時候，甚至會乘興一再討論一整個晚上直到天明，提出所有具體表現的例子供比較參考。即使跟成員們自己手上正在畫的東西有關，也會被提出來批評，所以每個成員都緊張興奮地參與討論。

比如說，這個時代漫畫的所有模式都已經被建構完成了。要是把角色的臉遮起來，根本分不出是在畫誰。「若不能畫出每個角色的不同，就不能做到真正的表現」——漫畫家本身沒有感受到這件事的重要性，舊有的模式就不會被打破。

而到了登場角色的性格等的層次，甚至會明確地呈現出他們每個人走路方式、站姿等等的差別。

增山小姐常常如是說：

「我說妳呀，妳覺得這孩子會這樣走路嗎？」

各出版社編輯部的體質，以及編輯在指導方面的習慣癖好之類的，也常常是我們討論的話題。比如說在工作當中，當某個人喃喃脫口抱怨，我們平時就已經累積很多對編輯的不滿了，這時甚至會演變成對他們的抱怨大會。

「編輯叫我改眼睛的形狀。眼睛耶！他們說因為現在流行這種形狀的眼睛，所以叫我畫圓一點、大一點。」

「對啊，還會說『現在這種畫很受歡迎哦』對吧。」

「編輯也這樣對我說過，說：這女生的頭髮要畫成捲捲的。」

「這還算好的呢。我的編輯還說：『妳的標題字啊，不覺得風格太偏了嗎？』雖然歌德體是容易閱讀啦，可是太粗了，一點都不美！很討厭耶。我之前的作品，標題跟圖畫複雜地交織在一起，他叫我不要改就直接把標題填進去耶！」

「咦？結果呢？」

「書迷都很能理解，還稱讚我呢。」

「每次都指定紅色。而且還是金赤色[45]！金光閃閃的！之前明明還特地指定紫色的，結果又變回紅色了！顏色指定根本沒有意義嘛，作者校對也沒意義啦！」

「可能編輯從一開始就沒有要聽我們講話吧……」

「因為那些人啊，通常都以大眾口味為行為依歸，並非取決於品味好壞，只看數字來決定。可是，如果只依照多數人的意向來下判斷，作品一定馬上就會過時。為了要讓我們這邊的意見能被採納，得要有人出來跟他們吵才行。」

其他譬如：我們也常常討論無論如何都想改變少女漫畫雜誌故事線定型化越來越普遍的現象。其中因素之一，是編輯們容易執著於過去至今受歡迎作品的類型。其中當然不乏優秀之作，可有些作品靠東施效顰取得人氣，也是事實。可是，差不多是時候了……我們想要屬於少女漫畫自己的改變。比如說，受歡迎的戀愛類型漫畫。

「從頭到尾不去考慮在一起之後未來會發生什麼事，這樣沒問題嗎？」

「是啊，『從此過著幸福快樂生活』之後的問題，就不見了啊。」

「女人的人生又不是到接吻就結束了，甚至應該是從那裡開始啊不是嗎？」

我也說話了。

「怎麼可能會在一起得這麼順利啦。應該更去描寫主角把自己內心累積的問題全部拉出來，表現在外面才對啊。」

大家你一言我一語。讀者是女孩子。我認為，若思索「愛」這個東西，只描繪精神面是怎麼樣都不夠的。若不加入肉體的部分，就只講一半而已。在少女漫畫的世界中，常常用到「愛」啊「戀」啦之類的字詞，但能用的素材實在是太少太缺乏了。這也不能畫，那也不能碰。就現狀來說，少女漫畫裡頭不能畫的東西一大堆啊……

而且，少女讀者們很任性的。雖說不只要畫精神面，也要描繪身體面，但她們對露骨的表現極為嚴格，畫的不好會被批評得很慘。

少女不愛活生生的肉體。少女所愛的娃娃與真人相去甚遠，我們感覺不到少女漫畫中描繪的少女有體重，也是這個原因。但是，我認為活生生的肉體散發的體溫、交握的兩隻手所傳遞的力量是人類本來的面貌，我很喜歡。

當時，在青年誌中，有越來越多的漫畫甚至主動地意識到有重量、有厚度與有彈性的身體性。我很喜歡白土三平[46]、小島剛夕[47]、上村一夫[48]、平野仁[49]等人所描繪的，女性有體重的美麗身體。

愛啊戀啊光用嘴巴說誰都會，甚至可以裝作愛上對方。可是，實際上整個身體踏進這「愛」或「戀」當中，就會成為一種跟在少女漫畫誌的規制下所展開的完全不同的東西。為什麼呢，因為一旦進入愛情故事，在那之前就會牽扯到懷孕啦之類的事情。要怎麼做，才能脫離這些世俗的部分，去談得更深刻呢……這是我最大的煩惱。

其他還有要求我們只能畫健康的戀愛。電影中可以描繪各式各樣型態的「不見容於世的愛情」，但若以少女漫畫誌為發表舞臺，第一個就不能畫「不見容於世的愛情」，師生戀、兄妹戀、姊弟戀，淡淡的情愫還可以，認認真真去描繪的統統都不能畫。因為讀者是少女們，而且當時是一九七〇年代，什麼都畫不了。男孩遇見女孩之後，雖然發生了很多事，最後兩人接吻在一起，演到「啊，太好了」就沒了。

雖然是有故事在講談戀愛、在一起之後的事，也不過就是「你好啊小寶寶」的程度而已，而且就變成家庭故事了，就算裡面放了一些愛情的成分，在質的方面也已完全改變。有沒有什麼方法可以讓我放進一些身體性的東西呢……我一旦開始思考這個，就沒辦法顧及預定好該做的工作了。

但是……有些事我現在還不明白。

也不能說我們不被允許畫某些東西都是編輯的問題，因為我們也無法創作出能輕鬆跨越這道難關的故事。那時有部森田順[50]的作品《海鷗》，描寫一對兄妹生下來就分開，在不知情下墜入情網，遭到周圍的反對，最後選擇殉情，在少女漫畫當中相當驚世駭俗，但這部作品也大刺刺地刊載出來了。同時期大島弓子[51]也在週刊上連載一部描寫高中生懷孕的故事《誕生！》（集英社《週刊瑪格麗特》）。

而我，對於無法架構出一個符合自己目標的故事很是焦急，同時也有脆弱之處，把責任推到業配連載上頭以逃避問題。我對這部業配企劃的連載《小狐仙》（《週刊少女Comic》）已經失去幹勁。當時，電視界很流行魔女題材。同名電視劇《小狐仙》，作為接在《神仙家庭》[52]、《彗星公主》[53]後面以培養新進藝人，也已經決定上檔播放。電視製作人的想法也傾向「若能在近期受歡迎的漫畫雜誌上連載，應該能達到宣傳效果」。

若非對方透過小學館Y先生來邀稿，我原本不會想要接這份工作，但，是他撿到並且照顧剛結束一年休息時間、工作接得莽莽撞撞、未經世事的我，我想回報這一餐一宿之恩。而且就現實來說，連載的條件也是一年。這份固定收入很多，也有一份與人展開共同生活的責任感在，我才接下來的。

電視臺希望我第一集照劇本演，之後就隨我發揮，對結果也並不期待。難度也不高，我完全沒了幹勁，故事容易變得無聊。到最後分鏡做得很慢，都快截稿了還在玩、不動工。距離大泉的工作室步行大約二十分鐘有個保齡球場，我一大早就一個人去那邊，藉著撞倒球瓶來發洩我不愉快的情緒。若這樣繼續下去，被人家知道我倦怠也只是遲早的事了。

同一時間，萩尾小姐順利地累積作品。我把萩尾小姐介紹給Y先生，她便把連載舞臺從講談社移到小學館。Y先生與她意氣相投，照她所希望，她在《別冊少女Comic》（不同於本誌《週刊少女Comic》，在內容方面自由度相當高）上每個月固定會有至少十六到四十頁的連載。展開她平淡穩健，卻具戰略性的漫畫家活動，稱讚她「她平淡穩健、卻具戰略性」的是增山小姐，聽到這話我相當焦躁。

這時有一天，我在小學館跟Y先生開完會後，他說：

「妳知道上原希美子[54]吧？我們的招牌漫畫家。」

當然知道，與巨匠細川智榮子小姐[55]並列兩大招牌的，《週刊少女Comic》主力作者。

「阿惠，妳啊，去她那裡當助手吧，就當作是修練。」

Y先生有時也會叫我「阿惠」。

「咦～～？為什麼啊？你說修練，是要修什麼？」

「妳去把專注力重新練起來啦。這叫『疼小孩就要讓他出去磨練』

啊。因為上原老師住在名古屋。」

Y先生丟下這句話就消失了，年輕的責編接下去繼續說：

「Y先生啊，很疼愛小惠小姐呢。不然不會這樣說的。妳就乖乖地去吧。」

這分明就是在警告我沒有全心投入工作。他應該是想告訴我：我該深深反省，去給別人當助手，客觀地重新審視自己的工作。而且我自己本來就很清楚，我的漫畫不像上原小姐那樣大受好評。我好不甘心，瞬間一陣衝動湧上心頭，賭氣之下就答應去名古屋了。雖然不甘心，但現在的我整個人都鬆掉了，弄到人家會要求我去做這種工作，也是無話可說，這點我還是很清楚的。我唯獨不想用「低潮」這個詞來形容，因為我沒有落到手上做工作，心裡卻覺得畫什麼都無所謂，甚至想要放棄一切的地步。

從名古屋車站還要坐電車晃個幾十分鐘，才會到上原小姐的家兼工作室。進入工作間，裡頭有個約莫快要上幼稚園的小男孩，還有個小嬰兒。上原小姐一邊抱著小孩一邊手握畫筆。她讓小男孩在旁邊玩，小嬰兒躺在那兒，自己在畫圖，這情景簡直太離奇。這是個拚身體力氣的工作現場，充滿生活感，很不可思議，就像阿信型媽媽變成漫畫家那樣。

上原小姐前來迎接我：「居然能請到像妳這位《週刊少女Comic》的希望來到我這裡。」說得我很惶恐。我明明來得那麼不情不願，一見面就聽到對方跟我說這種話，我很過意不去。

上原小姐說話的口氣跟節奏都很明快。我很難解釋我的感覺，但只要跟她交談一會兒就會喜歡上她。她讓我坐在她面前，一邊清晰俐落地給出作畫的指示，同時跟我閒話家常，聊些跟作品毫不相干的事情。

「我老公在港口工作。我說要出道當漫畫家的時候，父母大吃一驚，說如果我要走這條路，就先去結婚。結婚以後看我要當漫畫家還是什麼都不反對。不過他們跟漫畫業界毫無關係就是了。」

「那麼，您是為了這個結婚的？」世上的父母總有各式各樣的應對方法。

「是的，就是因為這樣。然後生小孩也是。」

我正暗自感嘆著「真了不起啊」，此時，她好像突然有急事。

「不好意思啊，我要出去一下，麻煩妳看一下這兩個孩子。」她丟下這句話，我還沒來得及回答，她就火速跑出去了。

留在身後的是待畫的原稿，還有我跟小孩子們。

媽媽出去了，留下的小孩們進入狂哭狀態，尤其大的那個更是哭得一塌糊塗。

不管我怎麼哄他都哭個不停。也是啦，被留給素不相識的小姊姊的確很不安。

可是我完全不懂怎麼哄小孩，雖然覺得他可憐，只能放著他哭，繼續做我的工作。

上原小姐大約三十分鐘後飛也似地跑回來，快速安撫孩子，馬上繼續展開工作。

我覺得她真的很辛苦，總感到她工作跟養孩子都是靠本能在做的，甚至讓我覺得，她跟工作時總是給自己找理由的我簡直就是對比。

「總而言之我就靠漫畫賺錢啊，必須養活這些孩子們才行。」

她說這話的口氣若無其事，非常乾脆，在這幅怎麼看都很紛亂的工作間景色裡，聽來格外瀟灑。

7 男孩子、女孩子

該如何讓《週刊少女Comic》刊登那部我一直在構思的、取名為《風與木之詩》的兩個少年相戀的故事呢？不，就算不在《週刊少女Comic》上刊登也沒關係。

但光說到「少年愛」這種題材，編輯是否能認真地跟我討論？答案顯而易見，絕大部分的編輯應該連聽都不會聽我講。只有增山小姐給我非常高的評價。她叫我趕快畫出來去說服編輯部。

「編輯成了高牆啊。妳如果不朝牆上面丟球，球是不可能讓讀者接到的。若讀者接不到，妳也絕對不會收到對面回傳過來的球。」

而我心心念念想畫的這個主題，也牽繫著想要改變少女漫畫世界的心志。她繼續說：

「最近大家也都在說，少女漫畫的封面到現在都還只有可愛的女孩子，到底怎麼回事。女孩子看到可愛的女孩子會開心嗎？」

「嗯，沒錯！果然還是要畫少年才對啊。」我說。

「看吧？大家想看可愛的男孩子或帥氣的男孩子嘛。我覺得這點很不可思議。因為啊，美國所有給女孩子看的雜誌啊，封面全都是男孩子哦。」

根據她的解釋，美國給女孩子看的雜誌，封面都是與她們同世代的男孩子，甚至認為這才是理所當然。就連在日本，《週刊明星》（集英社）與《週刊平凡》（平凡出版）這些綜藝雜誌，或《小說 Junior》（集英社）之類的明星雜誌，也越來越常讓當時受矚目的男歌手登上封面，但以少年作封面的少女漫畫雜誌，則一本也沒有。

「可是妳心裡的問題則跟這個是兩回事。妳想畫那部作品對吧？」

她說得沒錯。我要怎樣才能突破這個封閉的狀態呢？

「小惠的作品啊，故事發展都是當下典型的那種，唯獨妳畫的少年，很有魅力，很棒。尤其是現在的少女漫畫，雖然有可愛的女孩子登場，但很少人會畫出真的有少年樣子的少年。如果是妳，也許畫得出少年們的心心相印、讓讀者怦然心動的少年間的愛，也說不定。」

確實，就連我畫別的作品的時候、或餘暇之時，反覆速寫的都是之前我打電話給她，告訴她的那些少年們的畫。但那是絕對無法飛翔的籠中鳥。

業配連載滿四十八週了，加上挫折感的累積，原先答應他們畫一部單篇作品的，《別冊少女Comic》也都已經上預告了，我卻連一頁都不想動筆。

……到如今，只有眼一閉心一橫，畫自己想畫的東西了……

我懷著被逼到絕境的心情，只保留標題不動，把內容替換成完全不一樣的故事，就這樣把原稿畫完了。

這完全就是違反行規。沒有得到責編允許，就把稿子內容換成跟預告不一樣的東西。若站在編輯的立場，這行為應該會讓他無言以對吧。

而且，那還是，少年賭上性命向另一個少年表白愛意的故事——

小學館地下一樓。這層樓有美髮室與餐廳，還有好幾間喫茶店，直通地鐵站，相當方便。裡面有間喫茶店叫「ＴＯＰ」，靠裡面的昏暗座位，Ｙ先生把問題作品的校樣（付梓前的校正印刷稿）丟在桌上。

「這什麼東西啊，嗄？」

然後朝我大聲怒吼。

「跟說好的不一樣吧？」

「可是，直到最後一刻我還是什麼都想不出來啊。」

「所以妳做出這種事情才不可原諒！」

「我想試試看拿男孩子當主角嘛。」

「絕對不可以畫這種東西，絕對不行！」

「為什麼不能用男孩子當主角？又沒什麼關係！」

「妳是怎麼回事？這是少女漫畫，主角當然要是女孩子啊。而且，這根本已經不是男生跟女生的故事了嘛，這是男生跟男生的故事啊！」

「無所謂。女生讀者當中也有很多是喜歡這樣的男孩子的，還有男生跟男生之間微妙的友情，請您嘗試一次看看嘛！」

「絕對不可以！很小的小孩子也會看到的啊！」

「小小孩沒差這麼多啦！過兩、三年她們就長成大人了，沒什麼理由不能看。不管好不好都請讓我試試看。」

「我說妳呀，妳連一般女生跟男生互相喜歡的故事都不懂，我很困擾耶！女孩子喜歡的那種、男生跟男生間微妙的友情，到底是什麼鬼啦。退稿！退稿！……我沒有那麼多閒工夫跟妳討論這種事情。我還要工作呢！這要怎麼辦！妳說啊！」

他超級生氣的。然而，幸運的是這份稿子沒有被退。編輯部找不到剛好可以替代的原稿。就算叫我重畫也沒時間了。雖然我的信用應該已經掃地，戰術卻成功了。

這是第一份，也是最後一份沒有事先好好跟編輯談過，就把內容整個換掉的原稿。這行徑從頭到尾都很衝動莽撞，所以我真的很過意不去。當時該部作品以《雪與星與天使以及……》（後改名為《在日光室裡》）為題名，是第一部問世的「少年愛漫畫」（雖然不知道這樣稱呼是否恰當）。

這部作品就成了我為《風與木之詩》所做的第一部習作。

為了把作品登上雜誌而採取這種方法雖然很過分，但那是得以將我從開始畫漫畫起就有的煩惱，宛如必須藏進櫃子裡完全不可以顯露在人前的，感性的一部分，面向讀者、昇華成作品的瞬間。

我果然還是好喜歡少年之間靈魂與身體的交會與相印，我想繼續畫下去。

不論試圖掩藏或不加掩藏，我的本質都會顯現在內心想畫而描繪出來的圖像裡。既然是本質，卻要加以隱藏、不能在公領域展現出來，對此，我一直很痛苦，也很煩惱。

我的思考陷入惡性循環，自問與他人相較為何如此天差地遠，也感到如果這觸犯了社會善良風俗，還是應該收起、不能表現出來。

這部作品刊登在雜誌上之後，編輯部對我有很多意見與評論。但讀者的反應不出所料，十分熱烈。

《週刊少女Comic》的主要讀者大多是國中生。她們不管這故事有多奇怪，不知為何寄來好多熱情的粉絲信。若要讓這些來自讀者的聲音發出更多「沒錯，我懂，就是這樣」的訊息，應該還需要些別的東西。第一步是踏出去了，我面前依然還橫亙許多課題非解決不可。

《雪與星與天使以及……》問世後，有兩位意外的訪客來到大泉。她們就是集英社少女漫畫的希望——山岸涼子小姐[56]與森田順小姐。她們透過編輯部聯絡我，表示「想來大泉沙龍玩」。

我與她們素昧平生，然而她們是廣受矚目的前輩。我記得當時山岸小姐發表《白色房間的兩人》（《RIBON Comic》），森田順小姐發表的是《海鷗》。我求之不得，便跟出入大泉的人表達意願，最後她們受邀前來。

「為什麼妳會畫出那樣的故事呢？」

山岸小姐針對我的《雪與星與天使以及……》發出如上疑問。我沒法告訴她自己是拿跟預告完全不同的作品頂替，正難以回答，此時她說：「其實我從以前就很注意，也一直在構思那種以同性愛、少年愛為主題的故事。沒想到除我以外，也有其他少女漫畫家對此感興趣，我很驚訝，所以很想跟妳見面。」

她一直在集英社畫漫畫。她心知肚明，集英社系列最重視王道型惹人憐愛的少女漫畫，所以絕對不會讓她畫「那種類型」的作品，所以她說：「我心裡一直有種不安，覺得總有一天有人會從某處開始畫。」作為創作者，她會這麼想是理所當然。

雖然這是她自己說的啦，她有件著名的軼事名為「黑色緞帶」。山岸小姐很好勝，讀小學時她就曾經滿懷自信地綁著黑色緞帶去上學，認為

「絕對沒有人想得到這樣做」。然而大家一下子群起仿效，最後全班都綁黑緞帶。她便超級生氣，覺得「過分耶！明明是我先想到的」。

「雖然我一直想著要畫同性相愛之類的東西，但被竹宮小姐搶第一了呢。」我想她此時是想把這個意在言外的訊息傳達給我吧。她也表示：「我想畫的是更成人的同性戀，我也該加加油。」在我被Y先生罵了一通之後，得到山岸小姐的認可，我格外開心。

我祈禱山岸小姐有天可以自由自在地表現自己。原本我就不知道自己這邊未來會怎樣，但夥伴是越多越好。若不能挑戰各色各樣的人，就不能改變少女漫畫的世界。正是由於許多人描繪出各色各樣的型態，表現的領域才得以徐徐拓寬。

但是，由於調換原稿一事，我名列Y先生眼中的觀察名單。他們決定我接下來的週刊連載，是十回連載結束的作品。編輯部從一開始發稿給我，就透過責編再次叮嚀：「絕對不可以刊載會讓讀者看不懂的東西。」

然而，這部新連載《喜歡天空！》的主角們也只有男生，責編應該心裡會想「這人到底在幹麼」吧？

我帶著新的分鏡前往小學館地下層的喫茶店，在那裡等我的不是責編而是Y先生。

他一邊看我的分鏡，一邊說：「妳呀，下回可別這樣做了。」

「很奇怪嗎？但我只是想把歌舞片畫成漫畫。我一直在追歌舞片。我非常喜歡佛雷．亞斯坦。比起靜止的，我更擅長畫動態的畫，動作帶有某種思想也好……」

這不是藉口，那個時候我很講究登場角色的動作線，追求似乎帶有某種含意的動作線，我在男性的動作當中，寄託了我身為創作者深刻的思想。我或許能夠把我想講的東西放進這些動作當中，我亟欲把這點表現出來，便納進歌舞片的素材。

就算國、高中時沒有受到什麼文化滋養，我依然盡可能觀賞好萊塢歌舞片，準備新連載時，我對那些同時也呈現嚴肅內容的法國歌舞片如

《秋水伊人》、《柳媚花嬌》等的新穎表現心懷期待。在大泉的話題當中，還沒有人談論歌舞片，所以我也意識到，這可能是我個人的特長。

「我不是指這個。聽到這裡我實在不懂這故事在講什麼，而且女孩子只有當配角，這是怎麼回事？」

對方不能理解，男孩子與女孩子的邂逅也好，男孩子之間的邂逅也好，都是人與人之間的邂逅，根本沒有區別。然而，如若現在不能畫自己真正想畫的東西，至少我在這部作品裡想留下一些少年間淡淡的邂逅，即使只說到友情程度也不要緊。

當時的我，全盤否定受家庭或婚姻束縛的生存方式。那時候的我也抱有某種願望，想試著藉由漫畫中少年的行動，來表現不同於前者的、波希米亞式的生存方法，讓擔任故事主角的男孩子去做我在現實社會當中不能做的事情。讓他穿我想穿的衣服、唱我想唱的歌，也讓他說我想說的話……這是身為表現者的特權。

「妳呀，如果放著妳不管，真不知道會跑到哪一國去了。」

「是嗎？」
「是啊。妳到底想做什麼？不管什麼領域或怎樣的主題，一般不都有嗎？就算把妳至今的作品都排出來看，我也看不出妳要去哪裡。不要把我辦的雜誌當成妳畫練習作的地方，我們可是專業出版社。」
「一般是指什麼？」
「算了。還好這樣子的只有妳一個人。萩尾她不管畫什麼都有幹勁，可是妳呀……」
我的神經一抽。萩尾小姐明明是新人，Y先生應該已經正式將她視為雜誌的臺柱候補了。
尤其是Y先生直接負責的《別冊少女Comic》，樹立了以下的方針：「不管幾頁，都讓萩尾隨自己的意去畫。頁數多也好、少也好都不要緊，總之每個月都要讓萩尾上雜誌。」正因如此，Y先生頻頻前來大泉沙龍，看萩尾小姐的分鏡，或者訂正她的稿子要她重畫等等。
頁數就算很少也要登她的稿子，關於這個方針，其實令我茅塞頓開。「只要是這位漫畫家不論頁數多寡都要刊登」，這句話撼動了我，這跟「我們雜誌是為了萩尾而存在」意思是一樣的。

在那之前我一直以為，所謂「週刊」連載漫畫家，是漫畫家應該致力去達成的最終目標，或者說：「只有那些工作排到半年後」的人，可以自稱為漫畫家。

同行的人通常都用「什麼時候有稿案進來？」或「稿案畫到什麼時候？」來代替打招呼。年尾出版社尾牙等聊天的時候，聽到人家問：「稿案畫到什麼時候？」若能回答：「到夏天左右。」感覺會很棒。漫畫家沒有工作時就是休假，但我不曾想過要休假。

把自己逼到最後一刻進稿，在極為短暫的休息時間裡伸展傷痕累累的羽翼。若說到其中的快樂……所謂身為專業的自覺，不僅連這麼細微的事情，漫畫家的身體也會微妙地習慣；而且這也正是身為漫畫家，以及未來能夠繼續當個漫畫家的小小自負。

但，正因如此，只要是萩尾小姐的稿子就一定登……這還是嚇到我了。

縱使該雜誌是月刊，每個月必定登場的、極具吸引力的作品；即使要等上一個月也必定看得到的、不管線條或分格都很吸引人的故事……能畫出這種作品跟故事的漫畫家，對讀者來說，不就是招牌漫畫家嗎？

我感到嫉妒。

「好羨慕萩尾小姐啊……這種畫漫畫的方法，這種作品問世的方式，簡直就是理想中的……」

到底之前是誰認為自己未來半年的工作時程能排滿就贏了的啊？現在總覺得這份堅持還真無聊，好糟糕好幼稚。

就算只有兩頁，在《別冊少女Comic》也會有讀者等待萩尾望都一個月等到望穿秋水……她這樣真棒，非常真實地反映在有意義的行為上。

若說我對工作的態度是傳統典型的那種也沒錯，但那是以能夠在週刊連載維持住人氣為前提之下。

每星期都絞盡腦汁、竭盡精力畫完稿子，每個月都要重複這件事四次。在連續性的故事當中，不僅每一回都必須在內容上一決勝負，還得維持住整體架構。內容就是問題了。

當時，每一本少女漫畫週刊主要都是運動題材，戀愛故事次之。大眼睛與三段破格的畫面。我其實最討厭這種描寫，可是我又畫不出能勝過這種作品的畫。

更有甚之，那個時代，朝氣蓬勃的女孩子的成長故事很多。但對我而言，不管採用了什麼樣的要素，都提不起一丁點想要仿效的心情。跟這樣的週刊相比，若是在月刊，先不談收入，每個月一篇至少可以從容地面對作品，在每一回作品的品質上都灌注精力。

我開始覺得，其實月刊才是適合我的媒體也說不定。

也許這種心態就類似「別人碗裡的比較香」，但當時的我開始把週刊這個媒體看成一種「一旦開始了只覺得是地獄」的媒體，不過應該是因為我工作不順利才會這樣多想吧。

星期一生出構想，用星期二、三推敲分鏡，星期四、五，或視情況甚至會用到星期六、日為稿子上墨線，然後周而復始。

若人氣沒有提升，每一週都要想辦法達成共識，試著改變故事劇情走向或印象。畫週刊稿時，如果缺乏能瞬間導出結論的分析能力，就會很慘。判斷力一旦低落，截稿死線就會火速襲來。

沒有體驗過的人不會理解這種時間感。時間就是關鍵。若是沒有編輯寸步不離，從旁逐一提醒是否合邏輯、是否有趣、是否有力、是否新穎、工作速度的分配是否有錯，漫畫家這種生物就只會被故事帶著跑。

一個人想全部的事情、督促自己，實在太難了。就算長到相當成熟，依然很困難。就連我，順利的狀況也屈指可數。

坦白說，直到這時期為止的作品，我都覺得不夠好。做是在做了，卻做不好。宛如因為看錯而跳上一輛不知開往何處的列車。

碰到這種時候，小學館沒有一個編輯可以跟我商量。有才華的人全都跑到少年漫畫的部門去了，我甚至真的覺得自己被束之高閣。

無論如何，《喜歡天空！》一如既往經過拉鋸爭論，最後得以上檔刊載。縱然對漫畫家、編輯雙方而言都如履薄冰，但應該是這部作品在呈現上四平八穩，並沒有像《雪與星與天使……》那麼超過，令人安心，才有這樣的結果吧。

只不過，我跟責編的相處一週比一週差。或許是我被害妄想吧，但我感覺非常差。

我心裡也有疙瘩過不去，於是下定決心造訪小學館，向Y先生提出如下想法。

「您每個月都讓萩尾小姐上《別冊少女Comic》對吧？我也……想要像她那樣……可以嗎？」

「妳不是有週刊的稿子嗎？」Y先生說。

「是……可是……」

碰到這種時候，我實在無法好好說出口。

「妳保持這樣就好了。終究週刊才是主流，週刊的總編輯啊，基本上就是直接出人頭地了。像我這樣問題多多的員工是爬不上去的，所以只能一輩子都在這個崗位上了。漫畫家藉著週刊走紅，才是正途吧。」

「我想要試試看，花時間畫一篇一篇的單篇漫畫。」

「我之前應該也有說過吧？萩尾比較好賣。她的個性一直都很穩定。一旦明白每個月都有她這種風格出現，讓讀者每個月都看到她也好，出成單行本也好，都很容易。」

「那我呢？我怎樣？」

「妳呀，妳每次都畫不一樣的東西！很難賣耶！」

「可是……」我還想繼續堅持己見，他卻打斷對話：「以週刊為主在上面連載，妳還有什麼好抱怨的，妳還是在眼前的工作上多加點油啦。」

到現在我終於知道，當時我就是在「強求自己得不到的東西」。

週刊封面彩色插圖的工作常落到我頭上。碰到有新連載時，彩色封面就經常選用想要強推的作品角色的圖。在這點上，我也不顧一切硬要貫徹自己的主張。

「等等，竹宮小姐，這，是男孩子吧？」責編問。

「嗯？不不，不是不是。這是女孩子，是女孩子。」

我裝傻。

「咦？這樣啊？」

受披頭四的影響，男孩子留長髮已經不再那麼稀奇了。有日本演藝界新三巨頭之稱的鄉廣美等人登場。給長髮男孩戴上有荷葉邊或花朵的髮帶，乍看之下像是女孩子，是當時的風尚。

「不是要畫那種像是女孩子的孩子，請妳把女孩畫得更有女孩子樣好嗎？妳明明就能畫得很好的嘛！」

手持笛子的封面美少年，對我來說是直接向粉絲推銷的重要機會，我才不打算退縮。

「就告訴你這是女孩子了嘛！」

此時Y先生恰巧經過，從責任編輯手中搶走封面原稿。

Y先生定睛凝視這張圖，沉默無言地站在當場。

「這……是男生吧……」責編忍受不了，打破沉默問Y先生。

於是，Y先生說：「……沒有臺詞就不知道……而且……」

「而且？」

「也看不出不是女生。」

Y先生應該是受夠了。或許是已經沒有時間重畫，也沒有餘力去拜託其他人畫原稿代打。把這當作是女孩子，反正男孩子不可能上封面，就這樣吧。

《喜歡天空！》就是經歷這樣的過程問世的。

藉由所謂音樂劇形式的漫畫，主角們將心情寄託於歌詞，去歌唱、去舞蹈，得以盡情表現少年們朝氣蓬勃的姿態。然而擺明了以少年為主角，實在太破天荒了，一般讀者反應平平。

以我最喜歡的巴黎為故事背景，所以我買了許多資料書，包括服裝啦建築啦，多方吸收巴黎的文化與風俗。雖然心中也期待可以畫成長篇，但聽到對方告訴我要照當初說好的十集就結束，我便只得慌忙把故事完結。

然而，連載結束後，粉絲信瞬間一口氣增加。中學生們紛紛寄來如下的意見：「為什麼要把這個連載結束啊？」「我明明想說要繼續看下去的啊！超喜歡的！」「少年們的互動很有魅力。」

我是很感謝粉絲有這樣的反應，然而內心也難免有些不痛快：「太晚了！早點說的話，連載搞不好可以延長啊！」

8 畢生職志

《喜歡天空！》的連載即將結束那陣子起，我把無論如何都很想畫成漫畫的《風與木之詩》開頭五十頁，以草稿的形式畫在素描簿裡，一點一點拿給那些我認為應該會懂我的編輯看。不管哪間出版社哪本雜誌，我都去親自造訪一個個人脈，但每位編輯都嚇到，反應相當誇張。

我跟萩尾小姐住在一起沒多久，這五十頁就畫好了。素描簿封面上寫著「71・1・21」。我也曾經跟周圍的人提過自己有部非常執著的作品《風與木之詩》，也得知萩尾小姐曾經跟某個人講過她很羨慕我有一部這麼執著作品。之後，萩尾小姐生出了《波族傳奇》（《別冊少女Comic》)[57]，過去也有以吸血鬼為主題的電影，但該作品的細節中充滿她的原創性，我覺得很了不起。她不但能推出自己擅長的少女題材受眾人矚目，對少年題材也有詳盡的研究，我感到備受威脅。

這時，或許因為增山小姐與我對少年十分沉迷。以電影界為中心，世上有相當多強烈傾向認同同性戀的作品出現，是一股無法忽視的潮流。即使如此，我當時認為萩尾小姐的心之所向與我所站的位置大不相同，就這層意義來說，我們是走在不同的道路上。

人類的美只有以赤裸的姿態才能體現。少年們即使裸裎身體也能在河中玩耍，沒有人能責難他們，他們是能夠發揮作為動物的美的一種生物。我想去描繪這些，有什麼不對？我當時覺得：腦袋裡有奇怪的想像而加以責怪的人才可恥呢！

電影裡面也有很多這樣的描寫，也受到好評。除了宗教方面的戒律以外，到底有什麼問題。日本自古不也有佛門或武士的世界[58]嗎？只有男女之間才被認為有肉體關係存在，這到底是什麼偏見……只不過，若我下筆描繪，絕不淺淺帶過，而會深刻地加以描述。我下定決心，要認真優雅地發揮我的駕馭能力來畫。

可想而知發表之後會有來自各方的指指點點，所以我想要畫得更好，不讓自己丟臉，也想把表情跟背景畫得自然而不刻意。包括不走過去漫畫的風格，如何明確地畫出盡量貼近現實的風景，以及建築物的研究等在內，有一大堆事情非做不可。

我太想畫《風與木之詩》，甚至在《小狐仙》裡強行加入少年們的故事。現在回過頭來看，當時所畫的單篇，似乎全都是在實驗如何描繪少年的作品。

若《風與木之詩》得以問世，一定會有人注意到並出來指責，說給小孩子看的雜誌居然刊登這種傷風敗俗的作品，「違反教育意義」等。

正因如此，我要很明確地站在教育的立場。由於描繪的是這種題材，所以非要有教育意義不可。我已經有心理準備，會觸及教科書或學校不會教導的事。而我也決定要付出努力，讓閱讀到這部作品的人必定會理解我，也讓他們理解我。

某天，我拜訪集英社《RIBON Comic》[59]的編輯部，該雜誌刊載挑戰性的作品，不輸刊載萩尾小姐作品的《別冊少女COMIC》，有山岸涼子與森田順小姐等新人輩出。我很喜歡也常常閱讀。

總編輯A先生說：「很遺憾！如果是我們雜誌應該可以刊登！雖然我非常想登，但這本雜誌其實已經要收掉了。抱歉，我們家別本雜誌應該是沒辦法。真是非常抱歉！」

這是我投稿過程當中最可惜的一次。《風與木之詩》走紅之後，A先生曾對我說：「差這麼一點，這部作品或許就在集英社出了。」

小學館的Y先生又怎麼說呢？實際上我去找的第一個人就是Y先生，再怎麼說我都認為他很可靠。

Y先生連作品都沒好好看過就直言「不行」。

「我說妳呀，一打開就猛地跑出兩個男孩子赤身露體抱在一起耶，這種東西沒法登啦。」

「我可是確實畫了只有兩條腿纏在一起哦。床戲裡要是出現三條以上的腿就要去警察局做筆錄──這不是Y先生你告訴過我的嗎？這個場景在表現上有其必要啊。就是因為不能這樣畫，少女漫畫的表現範圍一直都很狹隘，也缺乏深度。」

Y先生把放在桌上的雜誌拿起來遞到我面前。

「或許妳還不知道，妳別看這本雜誌這樣子，它可是會被送進皇居裡的呢！」

天吶～～我大嘆。

我到現在都還覺得這是個謎，完全無法理解，不懂這有什麼好驕傲好自負的。我不是為了那些大人物畫的，而是為了想看見新世界的讀者畫的。

我也把《風與木之詩》當時的分鏡拿給大泉沙龍的夥伴們看，聆聽她們的感想。我感覺她們大多都能理解我想做的是什麼。

偏就只有這部作品，就連增山小姐也不曾批評。最一開始她透過話筒連續八小時聽我說話，當時的餘溫不曾消退，她鼓勵我：「無論如何，妳只能傾盡心力繼續畫下去了。」

剛好那時社會上開始有人提出「畢生職志」一詞，我模糊地想：所以是畢生職志嗎……

我也曾經試著說服自己，若將這部作品視為自己的畢生職志，或許等到人生的最後畫好發表出來也無所謂。

而我更進一步思考的是：決定令它具備教育意義是好，然而越是盡可能擴展構想的規模，就越感到自己在描繪方面的實力還很不足。

縱然將故事背景定在十九世紀末的法國，事實上，我尚未對這個時代做過任何功課，可以說我對歐洲本身完完全全沒有認識。我甚至有種感覺：明明實際上完全沒去過歐洲，到底是在煩惱什麼。

雖說是受到社會常識與價值觀壓抑所以不能畫，其實是功課跟取材都做得完全不夠才畫不出像樣的東西。如果畫的時候沒有自信，畫出來的作品不會被人接受，別人也不會把你當回事。

以不安為食糧，我蒐集資料也進入專業程度。雖想蒐購外文書，但在當時非常貴，無法一次蒐羅完全，我就去銀座的「Jena 書店」或日本橋的「丸善」等外文書店或專門店，一點一點一本一本地買。

我開始買進、詳讀以談論歐洲諸國為主的雜誌、攝影集、畫集。在那個時代，要去海外並不容易，總之關於畫，在具體性方面沒有東西能強過攝影集，特定年代與地點的尤具參考價值。我心裡想著總有一天要親眼去看那些實物，同時學習異國文化。

當我看見滿是歐洲美麗街景、莊嚴宅邸與公學校建築、華麗優雅服裝的攝影集，這些景象跟自己的工作室的差距，讓我頭都暈了。就算一點點也好，我想更靠近自己的憧憬。「大泉沙龍」這高雅的稱呼至今依然相當怪異，偶爾遇到有人探問，我甚至會一一事先警告說：「沒有那麼華麗哦。」

尤其廚房跟浴室都非常狹小，說得再好聽依然很難用漂亮形容，甚至讓人不想使用。聚集在這裡的漫畫家們都很喜歡貓，有時會撿棄貓帶到這邊來玩，浴缸的蓋子上面有時會有貓屎。出入的人很多，注意到的人若沒有仔細清掃乾淨，真不知會變成什麼樣子。

此處沒有限制男賓出入，反而沒有鬧出戀愛緋聞，或許其中一個理由就是這環境一點也不羅曼蒂克也說不定。

當時，前輩漫畫家水野英子小姐[60]的《FIRE!》（《週刊SEVENTEEN》）不但追求現實感，人氣與話題也值得大書特書。該作一九六九年開始連載，描繪六〇年代後半美國嬉皮跟搖滾樂，光這點就很新穎了。水野小姐頂著一顆當時搖滾樂手常見的爆炸頭，我也是從新聞中得知她在一線活躍的同時竟生了孩子。

在《FIRE!》之前，我對水野小姐印象最深的是她在《少女俱樂部》（講談社）[61]畫的《星之豎琴》。後來她脫去這部作品當中浪漫的印象，發表以美國非主流文化為題材的《FIRE!》，人氣節節攀升，證明了少女漫畫並不光講戀愛，也越來越常描繪人類處在與社會的關係當中時的樣貌。

該作品的主題是我在大學時代也多有關注的越戰與種族歧視問題，同時也處理其中的社會問題，甚至包含精神深層的部分與幻想性，超越了過去少女漫畫的框架。很明顯地，她正領先我們一步，追求革命性的主題。

《FIRE!》連載結束後沒多久，我記得已經到了一九七一年，我偶然有機會見到水野小姐，她邀請我去她家：「我要辦喬遷新居的派對，要不要來玩？」

四、五個大泉的夥伴一起殺到她家一看，已經有大概二十個人在那邊玩得正嗨。那間房子有地下室，裡面有專供演奏搖滾樂的房間，我想是為了畫畫而全套備齊的吧。她領我進去，甚至連成套的鼓座都有，除了增山小姐的平臺鋼琴外，我還是第一次這麼近距離看大型樂器。她讓我親自打鼓看看，我開始有點理解深深浸淫在搖滾樂裡的人是什麼感覺了。

水野小姐在繪製《FIRE!》期間，不僅自費去美國，還去了歐洲取材，這部作品才能基於事實又有深度，這大大刺激我必須做更多功課才行。

我已經開始把許多作品的背景都設在法國，這也是為了《風與木之詩》所採取的行動。不知怎地我跟萩尾小姐兩人擅長處理的國家背景分棲開來，萩尾小姐擅長英國、德國，我則擅長法國、義大利。

一九七〇年代的少女漫畫為何都嚮往歐洲？國外的漫畫研究者也常就這點提出疑問。當時，《anan》、《non-no》創刊沒多久，連續企劃歐洲特輯。有些人指出，當時日本女性反美意識依然根深柢固，對美國心懷牴觸，也是其中遠因——關於這點是否為真，我並不清楚。總之，比起好萊塢式、美式文化，歐洲文化對我的吸引力更大，或許一般人也有同樣的感覺。

跟大泉沙龍的夥伴們聊天時，也常聽到有人談論：「就算想畫外國的東西，美國太大了，不是很瞭解呢。」「我的感性怎樣也追不上啊。」

「那，如果可以去取材，妳們想去哪？」

「歐洲！」

對話內容大概會是這樣。

事實上，若論及文化的多樣性或歷史，歐洲應該寬廣得多也更有層次得多。我對法國之所以執著，是因為感受到法國電影的優雅細緻與高超質感，比如其中克勞德．勞路許的《男歡女愛》、賈克．德米的《秋水伊人》、《柳媚花嬌》等。

相對而言，好萊塢製作的戲劇描寫，則以誇張豪華的鋪陳與刺激為主。若是《安娜．卡列妮娜》等級的悲戀，好萊塢也會想要重拍吧；美國電影就不會把焦點放在像《秋水伊人》那種淡淡的情感起伏上頭。

當然，美國的家庭連續劇在日本廣受歡迎也是事實。因為它們能讓日本人放鬆，滿足我們對於豐足的希冀。

然而那些美國劇裡描述的生活，跟當時日本的現實情況差距太大，比如一般高中生的房間裡竟有大型沙發。一開始這樣的豪華陣仗是很驚人，但感覺不管經過多久都離現實很遠，也不可能逐漸貼近現實。

並且，歐洲的空間貼近日常生活，也具備與日本同樣的歷史資產，讓人感到親切。什麼地方會貼合我們的情懷，同時也讓我們感受到比美國更深厚的歷史，極富內涵的形式美能充分滿足我們的憧憬，我想答案就是歐洲了。

大泉沙龍中，要是有人畫了新作品，越優秀就越會優先成為討論焦點。

「嗳，這一期〇〇〇〇那部作品妳看過了嗎？」「妳上個月那篇，超棒的啦！」「〇〇老師的連載故事鋪陳好厲害。」等等，討論個不停。

但這些夥伴們都既是同伴也是敵手。

正因如此，其實大家不大針對個別的人或作品向彼此提出具體意見。是否尊敬某作品或漫畫家，或是否對其採取批判態度，這些都經常會在態度中閃現，所以大家既不會互相過度溢美，也不指出問題點加以討論。對話裡不經意會夾雜「那相當了不起耶」「絕對會掀起話題」之類的句子，卻也僅止於此，不會進一步探討。即使如此，大家依舊不缺討論話題。

畢竟對我們來說，漫畫業界因循不改的狀況與表現方式全都是問題。我們共通的心願，就是跳脫少女漫畫既有的框架。

少年愛就是其中一個問題。當時還沒有BL（Boys' Love）這個方便的詞彙。

在大泉，大家紛紛互相表示：「我還是喜歡精神性的愛。」「同性戀尤其重視肉體，嗯……我沒自信。」我則回答：「如果只描寫到接吻的程度……男生跟男生……就算畫了也只是友情以上戀愛未滿吧？」「可是，不也有些作品畫到接吻，只帶給人一點友情的感覺嗎？若不能超越這條線，還是無法談論肉體跟精神的關係……」等等。

增山小姐則表示：「我說呀，友情裡不是也會有些灰色曖昧地帶嗎？

『啊，剛剛好像越界了』，兩人間的友情微妙地踏進所謂愛情領域那樣？我嚮往那樣的境界。噯，妳有在聽嗎？」

第一次聽她的少年愛講座的女孩子們，只有一個勁兒接收的份。有勇氣正面挑戰她論點的，是笹谷七重子小姐。

「這點我無法認同。最多到只比友情多那麼一點點的程度。我可不是討厭哦，但我個人只接受到親臉頰為止。」

「比友情多一點點的程度跟有一點點踏進愛情的程度，難道不是很像嗎？」

少年愛入門組的人誠惶誠恐地詢問。

「完・全・不一樣！」她一面說，一面拿出當時新創刊沒多久的《薔薇族》[62]（同性戀雜誌）給笹谷小姐看，當作具體範例。

「好，請妳看看這本。來來，請大家也都讀一下這邊。啊，由於這雜誌是十八禁，所以妳們不能看。」增山小姐會在奇怪的地方堅守規矩，毫不退讓。當時她沒給坂田小姐與花郁小姐兩人看，因為她們才剛高中畢業。

萩尾小姐笑容可掬地看著面前的光景，一如往常地拿著素描簿手上動個不停。萩尾小姐曾經說過，想要專注在「往更精神性的方向鑽研」。雖然當時《天使心》（《週刊少女Comic》）[63]尚未誕生，但或許她就是在指該作品中尤里的煩惱也說不定。她應該是受了赫曼・赫塞的影響吧，我感覺赫塞的作品觀貫穿其中。

增山小姐進一步鑽研稻垣足穗。她是那種一旦著手就刨根掘底的性格，所以談論事情也像這樣越來越細緻。

「小七重（笹谷小姐的暱稱），男孩子打領帶跟綁緞帶，妳喜歡哪一個？」

「咦～～不知道啦～～嗯～～」

「不知道？稻垣曾經說，根據喜歡哪一個，可以得知這人少年愛的嗜好。算了，妳是半長褲派還是長褲派？」

笹谷小姐表示：「啊啊，這題我選短的。我非常喜歡金田正太郎，應該是由於他穿半長褲吧？」增山小姐也呼應她的意見：「是《鐵人28號》（光文社《少年》）的金田正太郎[64]對吧？我也選半短褲～～！從讀小學的時候開始，我看到一群男孩子聚在一起就心跳不已，這是為什麼呀！」

「若說到《鐵人28號》的橫山光輝，我喜歡《伊賀的影丸》（《週刊少年Sunday》）[65]。影丸被綁、倒吊起來泡進水裡的場景，已經讓我心跳加速了。」

「沒錯～！我懂我懂，那個樣子很誘人對吧？」

「誘、誘人？妳居然這樣形容？」

我們就這樣毫不設防地彼此討論。

「可是呀，我還是只到親臉頰為止。」笹谷小姐的意見依舊回到原點。

「哎呀，無所謂無所謂。我說呀，剛剛我們雖然在說緞帶派、領帶派、半長褲派、長褲派等等，實際上可以畫分得更～細呢。比如少年人與少年人啦，少年人與成年人啦等等，其中又有更細微的差距。這些小七重也會慢慢瞭解的。」增山小姐也緊追不放。

「對抗」，出自《法老之墓》

「Soldier Blue」，出自《奔向地球》

「小衝突」（吉爾伯特在左），出自《風與木之詩》

「永遠的夜」（吉爾伯特在右），出自《風與木之詩》

我則回答：「我現在也變得什麼都喜歡了。一開始雖然僅限於少年與少年之間，後來可接受的也越來越多。比如『那個也不錯』，或發現『竟也有這種形式的呀』等等。我全都想畫畫看。」

我想起與增山小姐講了整整八小時電話的事。那時我一點也沒有想到，有一天居然會跟這麼多人討論自己想畫的漫畫討論到這麼晚。講美少年的半長褲與長褲就能聊這麼多，實在太幸福了。

至今一直靜靜聽大家說話的萩尾小姐，靜悄悄地上二樓去了，不知是要去畫分鏡，還是要去睡覺。她是那種一面聽大家交談一面任思緒馳騁的人，不曾主動成為對話的中心，能夠確實地為自己騰出時間。

她非常認真，做事也很堅持，行程也不拖延，真的是位模範生。她會主動去出版社討論自己的分鏡，送原稿也自己去。我則完全相反，分鏡跟原稿都是編輯來取，因為若不這樣就趕不及了。

萩尾小姐上二樓的時間一直都很固定，所以我們也注意到……都已經這麼晚啦。然而，討論得正在興頭上，也曾經繼續聊下去直到隔天清晨。

其他還有，在派對之後，大泉沙龍也總會十分熱鬧。這是因為遇到出版紀念派對、頒獎典禮、年末漫畫編輯部尾牙等等，會有私底下傳遞的資訊流到續攤、再續攤的場合中。

縱使身為畫漫畫的人平日大門不出，也會在這時候打扮起來去見自己以外的漫畫家。雖然對彼此的認識僅限於作品，但在這些活動上看見漫畫家本人、跟對方講話，能大大滿足大家的好奇心。

某次派對，扛起《週刊少女Comic》的細川智榮子小姐現身。細川小姐與她宛如雙胞胎的妹妹正在談笑。編輯Y先生則帶著他平常無話不談的態度，與坐成一整排的大前輩漫畫家們親切地交談。

Y先生創立供少女看的漫畫雜誌時，對少女漫畫一無所知，相當迷惘。當時他詢問對少女漫畫瞭解甚深的人，對方似乎第一句就告訴他「去拿下細川智榮子」。根據Y先生的說法，對方甚至告訴他「若無法網羅細川智榮子，就不可能與其他雜誌抗衡。碰到萬一，或許會倒掉也不一定」，在少女漫畫領域還是新興勢力的小學館，千拜託萬拜託才招攬到細川小姐。

若先得知這類內幕消息，去參加派對，講誇張一點，會場本身就宛如戰國時代一樣。

尤其是遇上工作橫跨數家出版社的大牌漫畫家們的派對，大會場當中不知不覺很自然地就會按照公司分成一群一群的，這邊講談社勢力、那邊集英社勢力。講談社有里中滿智子、大和和紀兩人散發著席捲時代、走在前面引領風潮的濃厚氛圍，集英社怎麼說都是西谷祥子小姐首屈一指。

我認為，講談社的漫畫系列是從邏輯面考量，集英社則選取能貼近女孩子情感面的漫畫家。在這層意義下，講談社沿用過去自家出版品做法的色彩很強烈，集英社把在時尚流行誌的長處也挪用到少女漫畫誌。她們受歡迎的點也明確展現出各自的風格。

從派對上回來，我們就以這些印象當話題，又熱烈討論起來。

「每家公司果然氛圍都不一樣啊。」
「相似的漫畫家也無形當中聚在一起。」
「B小姐說想在《週刊少女Comic》上作畫。」
「C雜誌這回版面要大翻新了。」

不管事情再小，我們都滿足於自己掌握的資訊。然後彼此加以分析，樂在其中，以此激勵自己工作。

《喜歡天空！》連載結束之後，我接連一年以上都只接單篇的稿案。若要問我那些作品如何，那些全都是以少年為主角的實驗作，連我自己都不甚滿意。這下子編輯部跟讀者絕對都很頭痛。

就從那陣子起，我的身體開始逐漸出現奇怪的症狀，當我坐計程車去小學館交稿，一定會暈車。試圖配合計程車加速、減速而呼吸，藉此蓋過不舒服的感覺。腦袋裡清楚浮現自己無論如何都不想承認的「低潮」二字。

9 悲觀

「望大人，妳喜歡自己的畫嗎？」

縱然認為這是自己的問題，某天我曾向萩尾小姐這樣問。

「妳是指什麼？是指中意與否嗎……我沒想過。可是我不曾感覺討厭……吧。」

她這樣講，讓我感覺到她話裡的弦外之音是在說「喜歡自己的畫不是理所當然的嗎」。

「是嗎？我不是很喜歡自己的畫。」

是嗎？她跟我不一樣嗎？宛如莫名感到寂寞似的，我一面懷著這份不確定自己話中含意是否有清楚傳達給對方的焦躁心情，一面如是說。

應該沒有一個畫漫畫的人會「超喜歡」自己的畫，不管畫得再好，也會覺得「我這項技巧還不夠好」、「這裡我畫不好」，我自己就常常總覺得「有哪裡不夠」，另外也有好幾個人跟我有類似的感想。

若說到萩尾小姐，她明明也在畫畫，在旁人看來卻彷彿毫不遲疑，也同樣十分坦率地想什麼就畫什麼。

「硬要說起來……」萩尾小姐繼續說下去。

「從側面角度看過去的人的肩膀，我總是畫得不大好。」

肩膀？從側面看過去的肩膀？我從沒想過這種事。

「我覺得妳畫的很棒啊。我的沒有透視感。」

「咦？是嗎？妳畫不出來嗎？」我說著，一面重新檢視她的畫，然而當時我並不十分瞭解。

現在我懂了，當時大概是言語無法傳達吧。

肩膀部分的遠近透視非常短，事實上一條鉛筆線的寬窄差距，就會呈現出距離感。如果是男性、體格很壯碩的人，肩膀大小的距離感，就必須拉出某種程度的距離。由於越靠近眼睛的東西視覺上看起來越大，所以畫得大就可以呈現出相當的存在感。而她所描繪的少年們，都是些身材非常細瘦的孩子，所以在這點上應該很困難吧。

但這不過是她「硬要說起來」會在意的部分，因為她已經具備了更多東西可以補足這點。不只是我，許多來訪大泉的人，都對萩尾小姐畫漫畫的技巧抱持著非比尋常的關注。

我認為自己在編故事與呈現的方式上，是相當正統派的。她則會從出乎意料的點切入，我對她的切入方式本身很感興趣。她的作品當中很少事前的鋪陳，會一下子就給讀者看某個事件的最高潮部分，對作者來說，這種描寫形式需要非常大的勇氣。

比如說，她呈現一名少女日常散步途中森林中的場景，聽到某人在呼喚的聲音，少女沒有回答那聲音，而是伸手試圖捉住在水面展翅的蝴蝶。從這樣的場景開始，繼續延伸到她與陌生人的邂逅……這是多麼有電影風格、多麼抒情的鋪陳啊，具備我的作品裡所沒有的新穎。

當然，她之前的漫畫家，會讓登場角色從一開始就說出別有深意的臺詞。一般會從主要角色開始說話的鏡頭畫起。然而萩尾小姐會拿在該處應該會聽到的聲音當開場，而縱然登場角色不明白其中含意，抑或讀者也不明白，這些全都無所謂。

我很受衝擊。

電影中，警報器響起的瞬間空氣靜止，轉暗；然後周圍沒有雜音，畫從黑暗的螢幕浮現出來，聲音出現，一下子，全世界就只剩下這個。感覺就像赤腳踏入河流，沁涼的同時又有溫柔的緊張感，這就是她的世界。她作品開頭的進入方式，簡直像歐洲電影一樣。

我們這些所謂漫畫家，漫畫當然是都能畫。有人擅長繪製令人屏息的圖面，有人在對於美的追求上無人能夠模仿。但縱使至今有上述的人存在，卻不曾出現過一個畫得「宛如電影」的人。

正當我覺得這很了不起時，我也逐漸在大島弓子小姐的作品當中，看見她的呈現方式一點一點接近萩尾式傾向。咦？大島小姐也有這種傾向呀……我開始認為，或許今後，全世界的讀者極有可能會去多閱讀這個方向的作品。這是一種對夥伴的稱讚與畏懼混雜在一起的心情。

「我的表現已經不如她那樣新穎……我陷入了過去自己也曾經那樣抗拒的窠臼了……」

當時，我只不過是在感佩夥伴嶄新的表現，然而另一方面，增山小姐將我心中宛如糾結毛線球的焦躁化做語言丟還給我。在這段於我而言既開心又充滿刺激的大泉沙龍時代當中，這是最辛苦的部分。因為，把她的話翻譯過來後，會讓我明確認知到我不願承認的不安與焦躁。

「妳不覺得萩尾小姐作品的敘事不同於一般人嗎？大島小姐的作品也給我這種感覺。」我裝作不經意地發問。

「嗯，的確耶。經妳這麼一說……」她停了一下，開始分析。

「是說，她們兩人都很擅長描寫情緒。那是從前沒有出現過的表現手法對吧？她們的品味確實很了不起。」

將肉眼看不見的心之悸動化為圖像的那份優雅與溫柔。不管我能或不能畫出來，我也必須要做這樣的表現。我感覺，尤其是今後的少女漫畫中，無論如何都必須要有這種表現。甚至連微小的，稍不注意就會忽略掉的，日常的心之悸動都可以化成圖像，若能做到這點，就能讓自己的表現幅度變得無限寬廣。

「若這樣的表現越來越多，今後的讀者就會去閱讀那類作品了。」

當我將心裡感覺到的事情一點一點地宣之於口，增山小姐會冷靜地為我剖析，常會得出對我而言其實是悲觀的結論。

雖然冷靜下來想想，這些對我的建議也相當中肯，但因為她甚至會對我說：「那個啊，說明白一點，小惠的處理方式已經過時了不是嗎？」讓我知道我的未來暗淡無光，我連看都不想看。

我一面心裡受傷，覺得：「小法這個人真是，她是換成我不想聽的話來說是嗎？她可真厲害……」然而她在這種時候並不會捉弄我或開我玩笑。困擾的是，她是那種只會說真話的人，其中不摻一丁點體貼或鼓勵。更有甚者，若加上佐藤史生小姐，我所感受到的事情會更明快地被她們挑明，身為創作者我縱然接受，同時也更加坐立難安。

我之前提過，我們幾乎不評論彼此個別的作品，可若談及技巧論或漫畫業界的趨勢，當時大家都很年輕，所以認為直言不諱重要得多，第一時間就把真心話告訴對方才是重點，不會顧慮對方的心情。或許，世上也有其他方法可以把話包上兩層、三層糖衣再傳達出去，盡可能不傷害到對方，也未可知。我不打算評論哪個方法比較好或比較不好，但當時的我們，第一個感受到的是：「反正都要受傷了，盡可能早點受傷比較好」、「先認清現實才是強大」。

還有其他例子可以顯示萩尾的創新之處。

少女走在層疊群樹之間。我看著這樣的場景，同時驚訝地注意到一件事。

畫面中沒有用線條來表達層層疊疊樹枝上葉子的形狀，只有縱向的斜線，沒有表示葉子的輪廓線。她就直接畫出沒有輪廓的葉子，葉子的集合體看起來非常茂密。更有甚者，這看起來茂密的、葉子的集合體，越往畫面深處輪廓就模糊，造就了予人透視感的深邃森林。

她描繪的背景讓觀者覺得真的身在綠蔭深處，綠色的空間讓人想要大口深呼吸，甚至連那個地方靜靜流動的風，都感受得到。

我深深被震撼。

我在想：沒有人採取這種表現手法。我看別人作品時有個習慣，會去看其中的漫畫技法，而這點對我是嶄新的發現。

漫畫，就是把現實加以省略後去描繪，或者是加以過度表現（變形）去描繪。

萩尾小姐畫漫畫時，會同時留下宛如短焦距、淺景深照片般的空氣感，畫出來的畫予人強烈的印象。

齊藤隆夫先生[66]等人也追求如同電影般寫實的描寫，縱然以「劇畫」

為名，但剛好就在我們進入這個領域的時期，電影般的表現與漫畫的表現，開始有部分的重合。雖然我不清楚萩尾小姐是不是有意識地去融合這兩者，但我認為她在用她獨門的方法，將電影式的世界觀帶進少女漫畫的世界。

了不起。就我所知，我可以斷言，這種表現從沒有人畫過。我感到久違的興奮。她發現了。光是追著故事讀，瞬間就會飛越過其他部分，被這一格牢牢吸引住。

這「萩尾小姐縱向斜線」的描寫方法，在發表後馬上被許多人使用。我記得一条由香莉小姐[67]也曾用過。一条由香莉小姐曾打電話過來，是我接的，所以我記得非常清楚。

「萩尾小姐那部作品的背景，是誰畫的？是她的助手嗎？方便的話可以把那個人借我一下嗎？」

一条小姐有很多很多助手，她發掘這些人的才華，完成的作品既有爆發力，表現也很多樣化，在這點上有一定的好評。

「不，全都是她自己畫的。連精密、具有空氣感的背景，那些精雕細琢的部分，全都是她自己畫的。」

「這樣啊～」一条小姐用相當遺憾的聲音說。

那之後出道的新人們當中，也陸陸續續出現使用「萩尾小姐縱向斜線」的漫畫家。若用得不好便只是依樣畫葫蘆而已，而且受誰影響根本一目了然。

漫畫是開放資源，雖然她並未叫任何人不要用，然而她最後創造出一種甚至不完全照原樣使用就沒有意義的手法。彷彿被這份創新吸引一般，大學漫畫社團的學生們、手塚治虫粉絲俱樂部的人們、出於個人狂熱的粉絲們陸續造訪大泉，他們幾乎全都是衝著萩尾小姐來的。

像這樣的事情在這裡司空見慣，所以「大泉沙龍」對我來說，是文化面上非常豐富的地方，卻同時也讓我每天都意識到對自己表現的不安，是在精神面上非常緊繃的地方。

雖說問題起源是由於自己做不到，但我獨獨不想充耳不聞，然而精神上的壓力擺在眼前，日益增長，事實就是事實，沒辦法。不能責備為我精闢分析的增山小姐。自己的能力不足，只能自己安安靜靜接受。我心裡想：我只能在這個環境裡做好心理準備走下去，但身體狀況卻同時越來越糟糕。

10 歐洲旅行

一九七二年上半年的稿案都是單篇漫畫。我看了安東尼・柏金斯主演的美國電影《費德拉》，受到刺激，畫出《暖爐》（《別冊少女Comic》），該作講述戀慕嫂嫂的少年絕望的故事，說到底並不是少女漫畫，但我認為也是習作之一。

《羅伯蒂諾》（《別冊少女Comic》）則是我從增山小姐那兒聽來真實存在的少年歌手（與題名同名的著名短歌歌手Roberto Loretti）出道的經過，加上想像畫出的作品，並非原創。《微笑的少年》（《別冊少女Comic》）並沒有好好傳達出我想說的，是部失敗的作品。故事當中悲劇結尾的很多，完全沒有淨化或是爽快的感覺。只有基於職人工作而接下的兒童向月刊連載《小麗卡》，我能在精神面上也安定下來作畫。

為了回應粉絲的熱烈要求，我開始試著畫《喜歡天空！（第二部）》，但我畫的時候沒辦法再有像第一部時那樣的熱情，畫面也變得僵硬，連我自己都很不滿意。連載的同時，單篇的稿約陸續進來，也讓我感到焦躁。此時當我接到工作，總必須跟增山小姐談談，否則無法畫稿。一如過往，我陸續產出宛如試作品一般的，不安定的成品。

這一年也是淺間山莊事件[68]發生的一年。年輕人們對彼此殘忍的凌虐，令社會大眾受到巨大的震撼。然而，把電視頻道一轉，也會看到偶像風潮流行，小柳留美子、天地真理、南沙織引領著歌謠曲的風潮，同樣都在這一年，為何年輕人走的路是如此天差地遠。

什麼時候，我才能如撥雲見日一般掌握住某些東西呢。

這一年發生了許多令人消沉的事，然而到九月底，有一個大事件，那就是大泉沙龍的有志成員，決定要前往歐洲旅行四十五天。

應該是我已經走到上述的瓶頸，要去尋找看看有沒有突破口，才無論如何都想將歐洲行付諸實行。正如當時帶點嘲弄意味的「旅法歸國」一詞所反映的，歐洲旅行還相當少見。在沒有廉價航空機票的時代，沒有人在當地接應的狀況下決定去旅行，是因為這趟旅行對我來說，必須是一趟去掌握某些東西的冒險。

這一切的起點，是我在二手書店買到的《歐洲鐵道之旅》一書。照片雖然少，讀過之後，才發現這是本一個人手裡拿著當時只有英文版的《托馬斯・庫克歐洲時刻表》（網羅歐洲全境鐵道的時刻表）就去當地旅遊的手記。「即使當地無人接應也可能可以花小錢去旅行！」這本書裡充滿了有志於此的年輕人所需的資訊。

剛好增山小姐此時也有她個人的煩惱，就是考音樂大學的問題。她父母殷切期盼她隔年春天就考上，但她已經不再把考音大這件事放在眼裡了。我們依然還是聽得見她只為了不讓手指生疏而彈奏的、毫無感情的琴音，隔著一條街傳來。她應該相當鬱悶吧。她成天掛在嘴上的話其中之一就是：「啊啊～～歐洲啊，好好哦……我呀，沒看過本尊我也沒有辦法啊。」

有一次，當她叨唸這句話的時候，我對她說：

「為什麼妳一直光是唸著『好好哦』？妳就去嘛！」

她臉上寫著「要是能去我就去了」。

「錢的話要是不走豪華路線，一天一千日圓也足夠了吧？然後就是來回旅費跟買伴手禮的錢啊。妳看，這裡有寫，背包客經蘇聯（現在的俄羅斯）……」聽我這樣說，她回答：「這種程度的我知道啦！小澤征爾[69]就是這樣去遊學鍛鍊他的武藝的！我沒辦法做條件這麼嚴苛的旅行啦！」

「真的嗎？妳認為行不通但或許其實行得通哦？妳沒想過嗎？」

我記得她之前曾經說：「不是我誇口，我雖然有知識，卻沒有體力跟實行力。」我突然開始幹勁十足，在丸善書店買了巴黎市內的立體地圖，裡頭有分顏色標示的地下鐵路線圖。當然，想去的地方我都認真做了記號，這是為了要將「要去」的意志化為肉眼可見。

然後，我也問出她想去的地方，標出來。聽到反對的聲音說：「怎麼訂旅館啊？語言又不通！」我把六國語言辭典放在眼前，這才知道歐洲各國語言在聲韻上有共通點。她得意洋洋地說：「這當然啦，因為它們都是從拉丁語衍生出來的嘛。」不小心被我牽著走的她，進一步跟我具體地討論：去幾天、從哪一國開始玩、找誰同行，歐洲旅館一般標準房間是兩張床，所以四人同行最理想。

萩尾小姐聽到當場贊成說：「要是能見識到歐洲，我去！」還有一位要選對我們有興趣、手頭也寬裕的漫畫家，所以，我們便邀請來訪大泉的山岸涼子小姐。她也能配合阮囊羞澀的我們所計畫的貧窮旅行，欣然答應了。

這樣一來，接著就是如何把工作消化完，增山小姐則只剩籌措旅費一事。我暫時忘記工作上的不順遂，滿心期待興奮不已。

我心裡也有期待：若能在異地待上一個半月，或許會帶來什麼改變。

我的目標是趁畫完《喜歡天空！（第二部）》續篇的時間點去，一個半月後回到日本，剛好稿費也進帳了。萩尾小姐正逢《梅莉貝露與銀玫瑰》（《別冊少女Comic》）連載當中，臨時決定去旅行，所以必須事先積個幾回稿子才行。

山岸小姐才剛展開《迎風展翅》（《RIBON》）的連載。當時，編輯部雖然指示山岸小姐「請畫得像大和和紀小姐那樣」，她卻告訴我們想在新的芭蕾漫畫中「畫出肌肉結實分明的畫」。她本身跳過芭蕾，正因為深知日本的芭蕾與世界上的差距，她想描繪的主題也相當明確，為此她正在摸索表現方法。

編輯部似乎再三試圖說服她，說這樣的畫法不會受歡迎，但她斬釘截鐵說：「要是這就沒地方可畫，我就退出漫畫界。」然後就開了連載。到了旅行前夕，第一回的讀者回函結果揭曉，居然是第一名。若是在結果揭曉前，或許她根本不會成行也說不定。我估算她的工作量應該也相當大，為「見到真正的歐洲」，她也盡量想辦法配合我們了。

至於我呢……當時我的連載明明是在粉絲期盼下展開的，我卻一點都提不起心情，畫得硬邦邦的，為此十分煩惱，我便告訴自己這工作會變成旅費的一部分，同時琢磨旅行計畫。說實在的在那時期，做旅行計畫或許才是我唯一的心靈支柱。

至於增山小姐的旅費問題……是靠她動腦筋過關的。至今影響她最深的就是歐洲文化，音樂也好電影也好文學也好，若不能真正接觸到歐洲的空氣，當時的她，一步也前進不了。

她以我無法料想的實踐力，將計畫驟然具體建構起來，到了覺得真正可以成行的階段，她便毅然向父母提出：「我已經再也忍不住了，我要去見識真正的歐洲！」不出所料，她的父母也一個勁舉雙手贊成：「說得好！」於是她馬上接著提出請求：「我不參加成人式，也不需要振袖禮服，拿那筆錢來當作我去歐洲的費用吧。」

她說：「還差了一點點，我就去伊勢丹百貨打工湊足。」直到出發前，她每一天都去百貨公司的佃煮屋打工，努力賺錢。

從這個時期起，我開始為了《風與木之詩》一點一點蒐集資料。尤其喜歡法國攝影家尤金・阿傑二十世紀初的巴黎攝影集《Eugene Atget: Paris》等。只不過，當時這樣的攝影集還不多。我想要那些能讓我感受到生活感、空氣溫度、人們體溫的資料。我想畫出甚至能夠傳遞街道氣味的、洋溢更多真實感的東西。

同樣是馬車，那個時代的馬車長怎樣呢？那個地區的馬車又是如何？身分不同，乘坐的馬車應該也不一樣吧？那個時代的人們又穿怎樣的衣服呢？脫下衣服後內衣的形式又如何？無論如何都想瞭解一切，還要正確地把握，否則不甘心。至少我想先把現在的歐洲街道，深深烙印在我的眼底。就算要找書來參考，當地書店裡找到的資料裡頭的照片與插圖類別範圍一定也更大。

參加套裝行程行動就不自由，僅有經過蘇聯的部分，我們選擇針對年輕人的、現成配套好的路線，之後就配合我們每一個人的主題，隨心所欲依序周遊各城市。包括當地移動在內，交通方面的領隊就由喜歡這方面事務的我來負責。

我便立刻去丸善訂了《托馬斯·庫克歐洲時刻表》，明明是調貨卻花了三個月。仔細望著分量相當厚的時刻表，總算掌握了它的使用方法。反正都要去了，就帶著「把著名國際列車全部坐一遍」的氣勢出發吧。

每個人都有各自想看的重點。山岸小姐想去莫斯科看波修瓦芭蕾舞團，增山小姐想現場聽少年合唱團演唱以及維也納歌劇院的歌劇。萩尾小姐想親眼看看真正的英國。我則是想拜訪至今都只靠資料描繪的巴黎。我迫不及待地想要確認，自己能夠把它的一景一物好好描畫到怎樣的程度。

行程是搭乘蘇聯船隻納霍德卡號從橫濱港出發，費時三天兩夜穿越津輕海峽，抵達西伯利亞鐵路的起點納霍德卡，從這裡短暫體驗（兩天一夜）西伯利亞鐵路，抵達伯力，從伯力到莫斯科則是搭乘蘇聯飛機。

在莫斯科停留一晚含觀光，隔天終於循航空途徑前往歐洲。當時我們甚至聽說，在蘇聯的機場與港口拿出相機，底片會被官兵們抽出來，心裡都七上八下的。

我們計算一天預計花多少，決定餐費一個人上限一千日圓。行程預定全程四十五天，估計若所有人存夠七十萬日圓左右，應該能成行。

我已經決定把畫漫畫至今存下的錢全部花光一毛不剩，將當地事物全部吸收到我的身體裡。過去賺到的錢，是要拿來投資未來的我，直到今天我依然抱持這個態度。連壓歲錢都只用來買畫材以及無論如何都想看的漫畫，即使花掉所有，我依然還能擁有滿足，不是嗎？

出門前的種種慌亂，言語難以盡述。在大泉的夥伴們幫忙之下拚命趕完工作，把行李收進旅行箱裡，還拜託她們照顧家裡的貓以及看家。

Y先生最初可能是擔心工作日程被壓縮，使得原稿品質潦草，曾阻止我叫我不要去。最後對我說：「反正終歸要去的，就到碼頭送送妳們吧。」

Y先生甚至要求我們：「妳們回來以後要請妳們畫《歐洲旅行記》哦。」當時的紀錄後來曾經在《週刊少女Comic》上面短期連載過。為了表現我們接連與新的國家、新的文化相遇又分離，標題遂訂為《日安再會》。

我還記得Y先生站在橫濱港碼頭，拋擲紙彩帶目送我們離開。我生長在德島市，離海很近，已經見慣船隻啟航的光景，但身為被送的一方則是第一次，所以有點期待令人感動的場面。然而四個年輕少女大張旗鼓前往歐洲，送行的只有Y先生一個人。而且，少少的紙彩帶斷掉那一刻，我們聽見Y先生的大嗓門在喊：「不要回來了啦！笨蛋！」當然他是在開玩笑，但我們也有點脾氣上來跟鬆一口氣的感覺，就大聲回他：「講那什麼話啦！」大笑出來。

應連載《迎風展翅》正在上檔的山岸小姐的要求，萩尾小姐跟山岸小姐兩人聯袂在莫斯科出門觀賞芭蕾去了。雖然我們也進行了市區觀光，紅場卻大到相機觀景窗無法盡收其中，我們的觀光也只是坐在巴士裡眺望窗外各色景物而已。

但是，總計七天六夜的莫斯科行程，就已經給增山小姐造成極大的壓力，她從為了賺取旅費去佃煮屋打工時起，胃就時不時急性發炎，如今又發作，人在莫斯科的飯店裡什麼東西都吃不下去。

「我受不了了啦！果然蘇聯這地方不行！我好想快點去文明國家……不然我會死的！」

我試著跟增山小姐聊些她可能會感興趣的事情，比如：飯店走廊上放著銀製茶炊、把紅茶稱作「чай」（Chay）等等，但無論講什麼她都聽不進去，只是頂著一張憂鬱的表情倒在床上。

到蘇聯為止，有許多年輕人跟我們參加同一個旅行團，其中好幾個人出於擔心，給了她速食杯麵，但她的拒絕症狀完全沒有改善。

領隊跟我們說：「要不要吃些冰淇淋呢？去市場看看？」我們沒有理由拒絕。我們去到一個根本不像市場、宛如貴族宅邸或歌劇院般的帝俄時期建築，大理石迴旋梯與豪華吊燈閃閃發亮。大廳地板上喧囂之中，市民們為求購買肉、豆類與水果，排起長長的人龍。銀行窗口般日式屏風的另一頭，胖胖的歐巴桑把便條紙遞給我，大聲指示我「去那邊」，一問之下才知道這裡有專門收錢的地方，所以買東西的流程是：去收錢的地方把便條紙交給他們，領取買好的東西。為什麼要用這麼沒有效率的方法……在資本主義社會這種事根本不可能發生。

我在市場買了麝香葡萄、青蘋果與冰淇淋，因為看起來能吃的就只有這些，然而增山小姐看了之後說：「不行，這種東西根本沒辦法吃，我討厭水果。」頭一甩就背過臉去。我心想：「太小孩子脾氣了吧妳！」卻因為她是病人也拿她沒辦法。她喜歡的甜品，市場裡根本沒有。

那天半夜，面向豪華飯店前庭的窗子，傳來從未聽聞過的，叩、叩、叩的地面聲響……我們心生疑竇，向外一看，眼前是一片超乎想像的光景：成隊的戰車通過飯店前庭。庭院裡沒有多餘的照明，一片漆黑，比黑夜還黝黑的戰車行列行經其中。我馬上把她叫起來，兩人目送戰車經過。

事實上，在莫斯科我們認真商量過要去醫院然後回日本，但共產國家辦理手續非常繁瑣，能否順利回到日本還是未知數，最後決定忍耐到瑞典再看看狀況。

雖然旅途的開頭有點不安，但大概是看到增山小姐這一面，心想「非振作不可」，我反而奮發起來，整個人變得很積極正向。

她之後便不可思議地復活，一旦坐上前往歐洲的飛機，至今憂鬱的表情一掃而空，看到眼前展開宛如童話國度般的北歐景色，她孩子似地大叫：「就是這個！是我一直想目睹的理想！憧憬的街道！」

後來她說：「把去歐洲的第一個地方訂在瑞典真是太好了。這裡比其他市鎮都有童話氣息，好漂亮。如此我才得以復活，要不然我就打道回府了。」

我專心處理大家的交通路線，思索著要如何串聯起大家希望前去的市鎮，讓這趟旅程順利進行下去；能依靠的只有英文版《庫克時刻表》與《歐洲鐵道之旅》。既然已經事先買好能搭乘全歐洲國際列車頭等車廂的歐鐵通票，就盡可能想搭乘有名的列車。要怎樣接上哪班列車，才能在不浪費時間的狀況下抵達住宿地點呢？大家一邊看著時刻表一邊興匆匆地擬定預定計畫。然而我們掌握不好距離感，經常失敗。有時我們原本心想「照這方針進行下去應該還不錯」，半途卻發現必須改搭巴士否則到不了，在當地慌張大喊「咦——」，這些經歷也很有趣。

我身為「半吊子的鐵子」[70]，如果可以，希望能造訪英國約克郡的大英鐵路博物館，但若渡海去英國，一來一往要花費很多時間，於是斷了這個念頭。

之後我們經丹麥，從斯德哥爾摩往南，前往比利時的布魯日，卻花掉太多時間，大大錯估行程。在丹麥，我們的移動方式相當異想天開，是整臺列車開上船橫渡海峽，光這段就額外花掉不少時間，讓我很焦慮。在船裡下火車去淋浴等等，樁樁件件都是新鮮的經驗，我開始覺得：既然都已經來到這兒了，乾脆能做的事情就全部給他做一做。

抵達巴黎的那一天，不知道去哪兒吃飯，實在太餓了，在旁邊的攤子上買了番茄就啃起來……這也太好吃了吧！

「法國過去是農業國家耶！」增山小姐說。我們三餐幾乎都在咖啡館解決。法國麵包的美味當然擄獲了我們，在巴黎每天的早餐我都點「Petit Déjeuner」[71]，真的很開心。

若再有番茄沙拉（切片番茄加橄欖油與胡椒鹽）就無與倫比了！其他我什麼也不要。

午餐就吃 sandwich jumbo（法國麵包做的長形火腿三明治），煎蛋捲也吃到不想再吃了。奶油香氣撲鼻而來，味道跟在日本吃到的完全不一樣，那份感動難以忘懷。

旅途當中，一到早上，看每個人想去哪裡，四人因應各自需求一一討論，然後再決定當天要去的景點。在附近咖啡店吃早餐一邊前往搭地鐵可以抵達的目標地點。

增山小姐到了景點就變身為專門來觀光的普通女孩子，展現出讓我們都很驚訝的觀光客模樣，真的很奇妙。

「嗳！妳看妳看！這裡也看得到艾菲爾鐵塔耶！」

「真的可以從民家中間看到聖心堂耶！來嘛來嘛一起來照相～！」她叫喊著一邊先一步往前去，我仔細看著家家戶戶的窗戶形狀，同時再度感嘆「啊原來構造是這樣的啊」。

當時的行李箱還沒有附輪子，看到我們石板路上嘎啦嘎啦地搬運行李，巴黎人似乎都要笑出來了。想想，在歐洲，車站、機場都有行李員。他們大概會想我們這些奇怪的小朋友拎著大大的行李是要做什麼吧。

我想，走在石板路上會發出嘎啦嘎啦的聲音，但不知石板路的構造就無法描繪其真實的樣貌。當時我就在路面工程現場看到石板正在重鋪。那些石頭表面上看起來約十公分見方，底下卻是「插」進地面下超過二十公分深，跟瓷磚完全是兩碼子事。我還想繼續去探究它為什麼要做成這樣。

剛入秋的歐洲，落葉極美。當然它們會堆積在停放的車子上，馬栗與銀杏葉子大，不會令人覺得髒汙。看來世人都有共通概念，認為枯葉也是城鎮風景不可或缺的一抹畫龍點睛的色彩。

我日後才知道，一九〇〇年巴黎萬國博覽會之際，巴黎進行路面工程，行道樹都被吊起，工程結束後再放回原處。所謂文化就是這麼回事吧。

增山小姐講了好多次：「欸等一下，我們果然還是應該先去一下，艾菲爾鐵塔！」所以我們就去了，明明原本覺得從照片裡都看習慣了，實物卻意外地美，令人驚愕。東京鐵塔正下方不能站人，在這裡卻能站在鐵塔腳下往上看。向上仰望艾菲爾鐵塔的腳，鐵件十分美麗。我想起它就是在新藝術運動時期建造的。

照我的希望，在那兒待到從凱旋門到艾菲爾鐵塔間的香榭麗舍大道一起亮燈的時候。這兒跟東京鐵塔不同，展望臺雖有扶手卻無玻璃圍繞。伸出手試著碰觸逐漸轉暗的空氣，我在十月的巴黎等待著，想目睹薄暮的街道點亮燈火的瞬間。

小丘廣場對畫畫的人來說也是個特別的地方，所以很想去一趟，但這地方本身已經過度觀光景點化。充滿拉客的人，非常吵，抵達廣場前途經的小巷與商店區的雜貨店裡有很多新奇少見的東西。直接用兔子腳做成手柄的刀叉與針筒型方糖夾等等，這些巴黎商店區的器具種類樣式繁多。平常吃飯時他們把法國麵包直接放在餐桌上，所以桌巾或用來代替盤子的紙巾，種類多得嚇人。裝咖啡歐蕾的碗很大卻沒有咖啡杯那樣的把手。廉價旅社的門窗造得不好、鎖打不開也稀鬆平常。這是個充滿歷史的古老城市，我們也逐漸習慣鍊條下拉式的沖水馬桶了。

總之累了的話就去咖啡店裡聊天。尤其巴黎這座城市，咖啡文化當然濃厚。這季節白天還沒有那麼冷，我們坐在咖啡店的露天座位，為了裝在一人用茶壺裡上桌的紅茶深深陶醉，就連方糖夾、茶壺裡的泡茶器或濾茶網都可愛又新奇。如今日本也有這些東西了，但在當時，一般少女們根本完全無從得知飲用紅茶的方法。

在露天座位偶然看到的房子天花板極高，門也很高很大。

「噯，為什麼那座房子進中庭的門做得那麼高啊？」某個人說。

「那過去是供馬車通過的吧？」

「對哦，馬車直接進去，在屋前卸下行李讓僕人下車，所以妳看玄關，設置成面向中庭不是嗎？」我們互相核對彼此的推測。

增山小姐感動的點跟我們的實在差太多。就算我問她：「吶，妳覺得咧？」她也啜飲紅茶說：「是哦？大概吧，妳覺得是就是。」

我對眼見的一切都興味盎然。光住家的牆壁這一件事，包覆在建築表面的牆壁達三十公分厚。為了保暖，門與窗都是雙層的。在某飯店建築內部，明明是房間門，內門與外門之間，牆壁的厚度竟可容一人藏身其中。雖然窗子通往外界，但因冷熱溫差非常大，玻璃窗做成雙層的。繪製漫畫時，時常出現人從窗戶向外眺望的場景。若要如實表現，則有必要呈現出這個牆壁有多厚。

「對哦，若不瞭解建築構造本身，就無法表現出它原本真實的樣子。」

我到了當地才意識到這點。

在德國的歌德故居（歌德出生地），我想知道水井是怎麼運作的，就試著去操作看看，它汲水的方法非常新鮮，跟日本人的發想完全不一樣！又，我在這裡看到會叮叮作響的裝飾鐘，大概是義大利製，我後來自己也買了，更畫進漫畫裡。房子裡面看起來像陶瓷製櫥櫃的東西，其實是暖爐，添柴的地方設在靠走廊那一側。我恍然大悟，在那個時代，雇用僕役等很平常，所以會設計成這樣。

門把的位置跟日本也完全不一樣。即使我曾聽聞，還是名副其實體驗到了「百聞不如一見」這句話。我一下給它拍照一下給它速寫，忙得不亦樂乎。

透過這樣的體驗，我確信自己過去是在一無所知的狀況下畫畫。我在電話裡一口氣告訴增山小姐《風與木之詩》的角色與故事大綱的原型時，構成故事核心的諸如：一定要從什麼場景開始、接下來要怎樣鋪陳之類的，未曾稍改。不，是害怕它會改變，所以以分鏡的形式實際畫出來，漸漸定型。然而，隨著畫出來的東西越來越明確，我開始認為：原本我的所知就太少太少了。比如說，法國寄宿學校的情況與學制、教學的形式、考試制度、生活型態……皆一無所知。

但如今，實物就在眼前。所有一切都是真的，我整個人都被震撼了。

在街上遊逛，看著建築、拍著照片。掛在脖子上的是我為這次旅行鼓起勇氣買下的，最新發售的單眼相機。我準備了四十卷三十六張的底片，一個勁兒地拍，取材的基準是大約一天拍一卷。

我衝進書店，從大本畫集到小本攝影集，在預算容許的範圍內把所有能當作參考的都買下來，海運郵寄回去。拜此所賜，我已經很習慣從鄉下小鎮的郵局寄行李回日本了。

那時我走在市鎮裡。聽見某個人說：「啊，妳看，薔薇。」然後增山小姐說：「日本看到的薔薇，是『假』薔薇吧。」

花瓣的厚度就不一樣，大概由於空氣的乾燥程度不同吧。在這樣的日照之下，為什麼能開得這麼有精神？是溫溼度的關係吧。環境絕不能說是好，卻也開得這樣美麗。

「漫畫裡畫的，是『紙』薔薇呢。」

我一邊說著「能畫出真薔薇的只有水野（英子）老師呢」，一邊將它納進我的照片與速寫裡。

我當時覺得，來這一趟真是太好了，現在依然做如是想。去到四十年前的歐洲，去到當年還是新舊混雜、由秋入冬之際的巴黎。我們走在石板道上，肌膚感受著冷涼的空氣，嗅聞洋蔥湯的香氣，領會早晨可頌的美好滋味。這所有一切，我都記得。我也同樣無法忘懷，這兒氣溫遠比日本的十月低，實在太冷，我在一間看來像是移民的歐巴桑開的店，買了適合我體型的小尺寸外套，這件事我也忘不了。如今已是歐盟，國境不再那麼嚴明，越是在這樣的時代，每個國家風味與景色的獨特性便不再那樣鮮明。先不論是好是壞，能看到當時文化風格各自分明的歐洲，是相當珍貴的體驗。

結束四十五天的旅程回到日本時，我的錢包只剩五百日圓。前半段我吃得相當節省，總覺得好像還剩滿多的，到最後一國奧地利，為了去維也納的歌劇院我去買了洋裝，奢華旅行，想買的全都買下來了。當時日本一般市面上還沒有羽絨被、羽絨枕，我把八十公分見方的四方形羽毛枕，嚴嚴實實地塞進箱子裡寄回日本。

抵達成田機場，看到計程車門自動打開，我簡直像外國人一樣嚇了一跳，此時，滿足感洋溢開來，我心想：啊啊，我待在歐洲久得已經習慣那兒了呢。有五百日圓，總夠回到大泉沙龍了吧。若能回到那兒總有辦法的，不過就是去工作嘛。要是坐在大泉的繪圖桌子前，有紙跟筆，馬上就過得去的。之所以能這樣想，是因為我們還年輕，只有二十二歲。可是，我自己的問題都還沒有解決呢——

11 租約到期

回國之後好一陣子我都恍恍惚惚地過日子。一邊整理行李一邊沉浸在餘韻裡。把伴手禮送給夥伴們，高談闊論旅行的見聞。

「給我們看照片～」聽她們這樣說，我把洗出來的照片給她們看。門把的特寫、石板路、窗櫺、小巷弄……都是資料照片。完全沒有觀光的街拍，她們就覺得無聊了。

「小惠，妳上次說那個什麼，什麼橋。因為妳說要去那座橋，還以為是什麼觀光勝地呢。一看之下，哎呀，還真看不出來是什麼地方呢，就是座普通的橋嘛。大家已經不想看了啦。妳們三個人拿出來的都全是資料資料資料。」

增山小姐說得沒錯。可是，當我獨自一人，打開帶去的素描簿一看，在當地畫的嬰兒車、階梯的樣貌、公園的孩子們，雖只有速寫的程度，形式卻與過去自己所描繪的全然不同，是用很真實的筆觸畫下來的。這，是我自己拚命試圖在改變呢。

我回國以後，就一直試著讓自己的漫畫具備不輸給電影、有現實感的世界觀。我想拋棄所有舊的形式，改變自己的作畫。接下來我想畫的主題，非常的重，畫面呈現必須纖細得像拍成電影所傳達出來那樣。該怎麼樣才能用一條線就能畫出現實感呢？我的手正在摸索，要如何讓即使簡簡單單一條線的畫，看起來也是立體的。

四十五天的旅行，在這層面上來說也是很珍貴的。就是去看、去聽、去碰觸。它讓我重新認知到，「首先是眼睛、手指、肌膚、舌頭、耳朵要知道」一事是如此重要，就像看攝影集、看電影一樣。打從一開始我的眼睛不認識，就不能決定要畫什麼；因為「圖畫」，就是把腦袋裡的東西描繪出來，既然已經認識了本尊，就無處可躲，只能畫下去了。

但那年年終，我要繪製一篇單篇漫畫《要來點熱牛奶嗎？》（《週刊少女Comic》），主題是音樂與少年的自我意識，背景設在維也納；不出所料分鏡卡住，到最後又重演去旅館關禁閉的結局，糟透了……所畫的沒有一個地方我喜歡的，我只確定一點：在這篇作品我完全沒辦法發揮，然而雖痛苦卻完全無意對任何人讓步，那時我一邊對自己說「不應該這樣」一邊畫稿。

常常來大泉的伊東愛子小姐帶伴手禮來探望我，也來給我當助手。

「我實在沒辦法隨心所欲地畫畫。」我講了喪氣話。

「是嗎？我覺得完全沒有什麼地方不好哦。」

「不好的地方我自己很清楚。我根本沒辦法畫畫……可是我也只能畫了……」說到這裡，眼淚就撲簌簌地掉下來。

另一方面，萩尾小姐的作品《波族傳奇》系列一篇接一篇刊行，至於我的《在日光室裡》與《喜歡天空！》，小學館的Y先生老說：「不懂，我完全不懂，這到底哪裡好我完全不懂。」然而說到萩尾小姐的作品，不只Y先生，所有人都對其完成度給予好評。

很明顯的，她跟我最大的不同，就是戲劇性與世界觀。

在《喜歡天空！（第一部）》上，雖然就我的本色與身為創作者的本質，是會直接發展到兩個少年的接吻鏡頭等，但這部作品當中，接吻場景並非特別必要，甚至根本沒有也可以。我試著重新審視自己畫漫畫的方式，然而會讓我提起勁、我最享受的，是描寫少年們的心情在彼此之間交流激盪的戲劇，所以，可以說，我的作畫方式，只是為了去描繪自己最關心的事物而建立起來的。

說到底，這只會表現在一般讀者不瞭解的、感性的部分當中，會對此感興趣的，是如今為數不少的所謂「腐女子」的粉絲。但是，能或不能把少年愛性質的部分，揉合進具有普遍性、能引發某種共感的戲劇當中呢？這兩者間的差別，也呈現在Y先生決定是否刊載的判斷上。

我對這部分也十分有自覺，然而感覺總是衝在前面，呈現出來的東西統統都不行。

即使懷抱不安與焦慮，只有時間的流逝對所有人都一視同仁。所謂一視同仁，就是每個人一天都只有廿四小時，以及每個人都終有一死，每一個人都在邁向死亡，時間只會有減無增。自己在活著的當下能做的事、能獲得的時間實際上沒有那麼多。一直處在無計可施的狀態，每一天時間一分一秒經過，只是徒增不安。

漫畫相關業者聚在一起時，萩尾小姐《波族傳奇》系列中的所有場景，都更引起大家熱烈討論。不只他們，一般不看漫畫的文藝評論家也給予高評價。

增山小姐也不再練鋼琴了，跟非常溫柔的母親幾乎天天吵架。而我呢，就當作在等待下一個出口般，正在等待某個可以改變我的東西。至於「大泉沙龍」……這間長屋租約到期通知到來的時候，我已經決定要離開大泉了。

我是怎麼告訴大家這件事的呢？實際上已經記不大清楚了，我應該……不曾跟任何人認真正式商量過吧。

「剛好房子租約到期，雖然這樣做很任性，但我希望搬到別的地方住。」「當然，大家要留在這裡也沒問題的。」我只能講到這麼多。

只不過，我心中隱隱約約明白，一旦我表明要離開，就不可能再保持從前的狀態了。我終究說不出「待在這裡我很痛苦」。增山小姐很遺憾地喃喃說：「這樣啊……」她很清楚，大家不會永遠像這樣聚在一起的。只是她心裡應該是在想：這一天已經來了啊。

萩尾小姐的反應一如往常地平靜：「這樣啊……雖然很遺憾，但也沒辦法。」神態並沒有非常在意。那時，萩尾小姐已經沒必要再跟人分攤租金，應該說她現在甚至需要更大的工作空間，所以她也就很順理成章地接受這件事：「租約到期啊……那麼我也第一次一個人住了啊。」

最後大家商量「住近一點可以互相照應」，當我說其實我已經在下井草（東京都杉並區）找房子了，萩尾小姐便說：「那我也去住那附近。」我腦中閃過「不要」這句話。要是萩尾小姐來玩，一定又會引發我的焦躁跟自卑感。我並沒有說出真心話，而是回答：「嗯，好啊。」事情接下來會怎麼發展我一籌莫展。至少把租約到期當作藉口，能夠離開這個每天都有看不見的壓力的地方就好。

我不想再繼續感受彷彿被絕佳的才華拋下的不安。那就是在Y先生的期待下，充分發揮天賦才能的萩尾小姐。

不止萩尾小姐，許多雜誌的同世代創作者們宛如女主角般每月輪流登場，值得矚目的作品接二連三地問世，也讓我強烈的焦躁。

歐洲旅行結束後，增山小姐以報考音大為中心的親子衝突再度升高，「大泉沙龍」成為她唯一能容身之處。

我邀請她：「一起搬去吧？只有妳一個人的話我還養得起妳。」

當然，她擁有精準的分析能力與對理想的強烈志向，我也希望身邊有這樣的人才。

「雖然很感激妳的這份心意……」從她的話語裡，我彷彿聽見她內心的聲音在說：妳真的要離開沙龍了嗎？

「抱歉，真的，對不起，我無論如何都想要讓自己重新站起來。」

總算到最後，我詞不達意地，一點一點向她解釋我的心情與心理狀況，勉強讓她理解我離開大泉的意義。但，大概這些也不夠吧。

明明只有短短兩年，我感覺在大泉的日子，像是有五、六年了。

至於萩尾小姐，我終究無法如實地向她傳達我內心對她嫉妒與憧憬交織的情感。如今我只覺得，那時就是太年輕了。

我想起Y先生說過的那句：「我從沒聽過兩個漫畫家住在同一個屋簷下，這太荒唐了。」

新住處是一間離大泉數個電車站遠的大公寓，比破破爛爛的長屋漂亮了好幾倍。

房子在四樓，是L形兩邊各三坪相連的兩房一廳，還有明亮乾淨的廚房與浴室，我把兩間房間的隔間牆打掉，合成一間西式的大房間。拜大片的窗戶與寬敞的空間所賜，我的心情也稍稍輕鬆了起來。

萩尾小姐好像也在距離這裡步行五分鐘的地方找到了不錯的房子，她很安心這下就能繼續過來了。聽到這個，薄薄的陰影在我心裡擴散開來，但我努力不去看那片黑暗。

12 製作人的工作

我開始新生活那年是一九七三年。我得到過兩次週刊連載的機會，分別是《Wedding License》（《週刊少女Comic》）二十週，與《迴旋隨想曲》（《週刊少女Comic》）廿二週，雖然完成了這兩項工作，讀者的人氣卻不如預期。

縱然拚命努力想讓作品變得有趣，但最關鍵的是我自己，連我自己都無法認同自己畫出來的成果，作畫時程也都相當趕。

即使處在這樣的狀態，光這兩個連載我還不滿足，兩個連載中間的空窗期，我也接單篇的稿案，持續摸索自己的方向。《魔法師的弟子》

（《週刊少女Comic》）、《玻璃店街上》（《別冊少女Comic》）、《Bravo! La Nessie》（《週刊少女Comic》）等，都是為了讓自己回歸初心的作品。其中只有一篇《20的晝與夜》（別冊少女Comic》），主題是被分開養大的一對雙胞胎少年之間的糾葛。某種意義上這是為了《風與木之詩》而畫的練習作，但當然，完全沒有把劇情線收好。

兩部連載中，《迴旋隨想曲》無法準時交稿，是一部用我的長吁短嘆連綴而成的作品，但我認為它多多少少實現了我長久以來所構思的故事鋪陳方式。它描述的是哥哥把身為滑冰天才的眼盲弟弟藏在北歐鄉下，自己活躍在滑冰界第一線的內心糾葛。

話雖如此，這部作品也只到總算能一窺「該如何搬演才能串起長篇故事，引導讀者到最後」的程度。但不知為何，時至今日回頭再看，畫面是有滋有味的。即使處在最最低潮的時候，構圖與表情都呈現極大的野心，這是懷抱不安、掙扎向上的年少所造就的技能。

就結果而論，在我這段最難熬的時期發工作給我，藉此給我精神上支持的人，是Y先生。

Y先生是《別冊少女Comic》的總編輯，雖非直屬責編，我卻自顧自地懷著跟他共事的心情在做事，個中原因我不明白，因為他是把我從德島叫到東京來的編輯嗎？

大概只是因為這個人給我的印象太強烈，其他編輯沒有給我留下印象也說不定。有話直說的Y先生，為何在這段期間一句話都沒抱怨，要給我這個成績不好、總是要去旅館關禁閉的人頁數呢？

我總是沒能準時交稿，人坐在計程車裡前往位於神保町的編輯部，如果不配合車子的晃動調整呼吸，馬上就會湧起想吐的感覺。我連「自律神經失調」這個名詞都不知道，或許反而是一種幸運也未可知。就算只是在情感上，我也拚了命忍耐撐住，告訴自己不能被這波巨浪沖走，回過神來，我的體重已經掉到四十二公斤了。

增山小姐最後離開父母身邊跟我住在一起。當初我很慘的時候，她什麼都為我做，包括負責我的工作時程管理、照顧我的飲食等，而且連我開會她都出席。

只不過，開會討論當中，編輯常常不知道應該怎麼應對這個狀況。習慣了的編輯知道她的角色就像是我的智囊團一樣，但第一次見面的人會不知道該看著哪一個人說話。

若能向人介紹「這是我的經紀人」，就不會有問題了，她思考過畫漫畫也需要類似製作人這類角色的支持，也想過應該有這樣的角色存在。

到如今，作畫者與製作人攜手合作的模式雖少，卻的確是有的；但當初，只有像梶原一騎先生[72]那樣影響力極大的原作者存在。在那樣的時代，而且是少女漫畫，她就已經開始考慮跟我一起製作漫畫了。正因如此，她抱著被討厭的心理準備，經常比身為漫畫家的我更積極地提出主張。

只不過，當編輯說：「我們希望能……所以可以請妳朝這方向去畫嗎？」我跟她有時會說出完全相反的回答，我明明說「可以」，她卻說

「這有點不方便」，對方要是會問「咦？那是可以還是不可以？」還算好的，有些編輯會很明白地表示他們對此很困擾，說：「可以請您閉嘴不要講話嗎？」或「竹宮小姐，這個人是站在什麼立場講這句話的啊？」

若是提前很久的縝密討論，告訴對方「日後再給您結論」就好，但也經常必須當下做決斷，時不時就會談不攏。

有一次，我們在小學館編輯部前面用辦公室隔板隔開的小隔間裡開會，一名即將出道的女性新人跟責任編輯正在隔壁隔間講話。

這位編輯正在懇切仔細地指導對方諸如：「〇〇小姐，還有，這邊眼睛的形狀啊，嗯，這樣子好嗎？那麼，這裡的服裝呢，要更加……」之類的。增山小姐很不喜歡有人指導別人照本宣科，她突然大大咂舌發出「嘖！」的聲音，轉頭瞪著旁邊隔壁隔間。

我試圖勸慰她：「妳冷靜點，那樣不好吧？我明白妳的心情可是……」「哪裡不好了？就是因為他們老是說那些很倒退跟不上潮流的話，年輕畫家漸漸被定型，漫畫才會變得越來越無聊啦。」她的怒氣無法遏抑。

「這點我懂啦……但妳在外面最好不要把自己的價值觀強押在別人身上比較好……」

「那，我也有話要說，妳為什麼一直都不跟人家解釋我的角色是什麼？」

「角色？」

「大家都用奇怪的眼神看我，好像在懷疑『為什麼經紀人要管這麼多』、『為什麼要干涉作品這麼深』似的。我要是妳，就會好好解釋清楚，妳為什麼就是做不到呢？」

增山小姐希望明確地從我口中聽到「她是我的製作人」這句話。

不只是跟我有關的事，她傾注大量熱情在擴展少女漫畫的表現上，對她來說，這個環境應該很難以忍受吧。

我也想告訴別人她是我的製作人，但當時一般社會的概念中，製作人所扮演的角色是隸屬於某間公司，管理製作資金，同時負起責任，在製作相關的各方面做出判斷。

就算我介紹她是我的製作人，編輯與發案單位也不會承認她是製作人，會把她錯當作是經紀人也無可厚非。

在附近的喫茶店跟責編開完會，回到自家公寓看見有客來訪，是萩尾小姐。她也剛從小學館回來。我記得那時我們已經離開大泉幾個月了吧。萩尾小姐剛剛送完原稿，神情從容。我則是瀕臨週刊截稿死線，沒有備稿的故事，總是千鈞一髮驚險過關，跟她隨便打了個招呼就坐在繪圖桌前了。

萩尾小姐與增山小姐則繼續愉快地聊天。

她們的對話我聽得很清楚，所以無法專心工作。要是在大泉我就可以逃到二樓。現如今雖然地方變大了，卻無法隔音。其實只要把它當作背景音就好，但我無論如何就是無法集中精神。這下不就又跟之前一樣嗎？提出要解散「大泉沙龍」的是我，帶著增山小姐搬到這邊來的結果也是我。

面對她們久別重逢聊天也是，雖然我心裡真正想的是叫她們不要聊了，但我很清楚如果管這麼多就是我任性了。

同樣的疑問，又在我心裡風車似的一再重複轉個不停。為什麼萩尾小姐能畫出那樣好的作品，又為什麼自己畫不出來呢？

這樣的心情我說不出口，只得裝作平靜無事繼續工作。從北海道上東京來的笹谷七重子小姐也開始住在離這邊相當近的地方，我家半徑一公里內已經沙龍化了，大家隨時都可以聚集在一起。

那段時間我作過如下的夢。當時，終於做完截稿前的工作，上床時已近凌晨。

彷彿把我從已經入睡的意識底層搖醒一般，恐怖的鴨子頭無視窗子與牆壁的屏障從外面衝進來，潛進床下，威脅我要採取行動，我當然渾身緊繃地醒過來。原應精疲力竭沉睡的我在夢裡醒轉，試圖往床下看，身體卻因為太害怕動不了。鴨子頭的眼睛閃爍著恐怖的光芒，慢慢轉過頭來就要對我說些什麼的瞬間，我「呀——」地大叫醒來。增山小姐已經醒了，驚訝地看著我，我對她說：「拜託！看一下床底下！有東西！有東西！」指著床下。「那邊有鴨子的頭！拜託，拜託想想辦法啦！」「有東西？鴨子頭？」她慌忙窺看床下，搖著頭說：「什麼都沒有啊，妳在作夢啦，到底怎麼了？」

這是什麼強迫觀念啊？精神已經崩潰了。

等夢境的恐怖感退去，我回頭想想，很明顯的，我之所以會作這樣的夢，跟我現在的精神狀態是有關聯的。

這完全是我自己跟自己打架，也可以說是一種自體中毒。

當時，一聽到萩尾小姐的名字，我的耳朵就像是被緊緊揪住似的。每當在雜誌上看見，她的名字就一再掠過我的心、停不下來，讓我好痛苦，那一整天都會反反覆覆想起這件事。我深知已無法控制自己，然而難以消解。該怎麼做才能得到解脫呢？至少讓我離開吧。沒多久我就開始想：若能躲進不同的空間，或許能得到一點救贖。

然後……我在一籌莫展之下，向萩尾小姐表示「希望保持距離」的意思，這意味著「大泉沙龍」真的要畫下句點了。

13 新責任編輯

身體就算變差，我卻完全不想停下工作。雖然心裡煩惱著「是否該休息一段時間」，然而之所以煩惱到最後選擇繼續畫下去，是覺得我若以現在這副樣子從一線退下來，我會非常不甘願。即使這麼慘，我依然有事想做卻尚未著手。更貼切地說，我感覺跟什麼都還沒開始沒兩樣。一旦休息了，下一個發表作品的機會什麼時候會到來，則在未定之天。我想至少把現在的工作做下去，讓下一個工作接著來。

也因此，只要週刊連載有空檔，我就把接案範圍擴展到其他出版社，以兩個月三篇的節奏在月刊上刊載單篇作品。也可以說，我是用工作勉強支撐住自己的精神。

當時，新的少女漫畫雜誌《花與夢》（白泉社）[73]正在準備創刊。也是由於受到總編輯「改變想法！該做些新的事情了！」的鼓勵，想要在那邊漫畫稿追求變化。要是有塊新天地，我或許能照我現在的樣子，坦率地自由發揮。

時序進入一九七四年，終於，我畫的所有單篇作品《七樓來的信》、《喬治的星期天》（皆為《週刊少女Comic》）、《燕子的季節》（《花與夢》）、《Star!》（《週刊少女Comic》）、《威廉茲物語》（《花與夢》），都能達到自己的及格標準了。

《威廉茲物語》是增山小姐原作《變奏曲》的濃縮版，《Star!》則是從西洋電影《星海浮沉錄》[74]獲得靈感，即使是受到啟發的作品，我也開始可以創作出超越一定水準的故事性，總算可以晉身專業了吧。我身為職業漫畫家的起跑線，其實是從這裡開始的。

當時走紅的歌曲中，澤田研二[75]的《危險的兩人》與少年歌手團體

Finger 5稍稍支持了我。當時社會可以接受百無聊賴的風情與少年的魅力。應該可以說：縱然時代改變，價值觀也跟著改變，當時的社會風潮依然允許我這樣的怪人存在，不會立刻遭到排除。

就在這時候，《週刊少女Comic》的新責編M先生來訪。

我跟這位編輯第一次見面，他看起來相當認真。

M先生穿著當時流行的、有手肘補丁的長春藤學院風外套，來向我提案：「差不多該請您接週刊連載了，您意下如何？」

M先生年約三十五左右。外表看起來十分聰明，說起來，他的作風舉止像是充滿上班族氣息的股市營業員。我單方面對他的第一印象是看起來工作很能幹，但看不出他適合少女漫畫。然而他不會虛張聲勢，是個言行都很真誠率直的人。

他說：「我過去一直待在《週刊少年Sunday》[76]，所以對少女漫畫一無所知。但是我會努力推出好作品。」

我告訴他：「我有一個一直想畫的主題。」懷著死馬當活馬醫的心情給他看《風與木之詩》的分鏡。那時候我已經不管對方是誰就把這份分鏡塞給對方看，然後就一直當場遭到拒絕「我們這邊無法刊載」。

我們在工作室見面，所以當時增山小姐也在。

M先生看了我的分鏡後，說：「竹宮小姐，您想刊載這個嗎？」這樣對我說話的他是第一個。

「咦？哦哦，是的。」

「可是，我想應該還沒辦法。」M先生接著說。

這時增山小姐插嘴道——

「竹宮沒辦法畫少女漫畫。」

「啊？」M先生說。我開始警戒，她又故意講一些會招人討厭的話了……

「貴社不是有位Y先生嗎？那個人相當看重竹宮，想讓竹宮當貴社的臺柱，然而到最後，我們家竹宮，根本沒法畫少女漫畫。她一點也不理解女孩子的心情。這個人的少女漫畫我看了很多，她擅長縱向挖掘得很深，卻沒法橫向擴展……」

「請等一下……」M先生用眼神詢問我。

他的眼神在說（這個人到底是……）

我欲言又止，無法說明，此時——

「總之呢，即使讓竹宮畫一般的少女漫畫，她也沒辦法變成臺柱的。」

她丟下這句話，就到外面去了。

M先生說：「我不瞭解她這話是什麼意思。在少女漫畫領域，不僅您現在還在鑽研當中，即使作為一件工作，您也總算覺得做起來有趣了。」

「可是，我為了畫這部作品，準備了很久……說實話，現在除了這個我不想畫其他任何東西。能不能請您再一次在編輯會議上提案這部作品呢？」

我又講出這句面對各式各樣的編輯嘗試無數次的話。

「呃……竹宮小姐，您應該知道讓這部作品在我們編輯會議上通過的方法吧？」

咦？好像不大一樣了？過去至今所有的編輯都當場拒絕我，但他跟我的對話走向完全不一樣。

「照現在這樣子當然是不行。雖然有趣，照妳現在的設定還是很難通過。但如果妳下次畫的作品在讀者回函當中取得第一名，就會通過。」

「咦？」

「剛剛那位說了很多，但我們雜誌是少女漫畫，這類束縛不少。可是，獲得讀者票選第一名的作品，不管是什麼樣子的，都是優秀的少女漫畫。因為我們雜誌主要的客群是少女。如果拿了第一名，編輯部就不會有任何意見。當然總編輯也是。」

「是這樣啊？」

「是啊，組織就是這樣的。」

「可是，從過去到現在，每個人都告訴我什麼不適合我們雜誌、我不能理解、這種東西少女不會看等等之類的。」

「竹宮小姐。」M先生強而有力地說。

「您最重要的目的是什麼?」

「讓這份分鏡上週刊連載,我就是為此一直努力到今天的。」

「那就對了。如果是這樣,最快的捷徑就是:首先,下一部作品取得第一名。我答應您,若您得到第一,就算不是這份分鏡,我也讓它通過。」

他說的話邏輯非常清晰,我感覺過去至今罩頂的烏雲完全散去。沒錯,只要讓讀者認可竹宮是有實力的漫畫家,不就好了?

M先生說下一步作品希望在秋天上檔,我也答應他無論如何都會把分鏡畫出來。

這對話振奮了我。《風與木之詩》或許可以登上《週刊少女Comic》了。我過去已經漸漸把條件放寬,覺得不管什麼雜誌都無所謂,都到這地步了,不是週刊也可以,甚至月刊之類也行。然而在這時候,居然跟我說《風木》或許可以上《週刊少女Comic》!這是真的嗎?

想想,或許是由於至今我都抱著等待編輯向我提出具體要求的態度，然而就在此時，第一次接到很有挑戰性的要求，對此我十分感動，也未可知。

「我們就來畫出會得第一名的作品吧！」

這對當時的我來說難度實在很高。可是，如果能達成這個目標，就能畫《風與木之詩》了，這讓我打從心底開心，也有了躍躍欲試的心情。

不一會兒增山小姐回來了。

「我呀，決定要畫一篇可以得第一名的作品。我剛剛已經宣布，要畫出能獲得讀者歡迎的作品了。」我很清楚這樣說會被她取笑。

「啊是哦？咦？妳講真的？」她哼哼笑。

她對M先生這次的提案完全不感興趣。因為，在《週刊少女Comic》得第一名的作品，幾乎是集她最討厭的模式之大成。

她喜歡的是一九五〇年代到六〇年代許多歐洲老經典電影中蘊藏的，染上耽美、頹廢與甜美色彩的故事與構圖，再加上少年愛，就更添纏綿崇高的深度。

我試著告訴她：「因為他說會讓《風木》上連載嘛，這不是很棒嗎？」她不理會我：「妳是被人家的好聽話耍著玩啊？妳之前都排名第幾？大多都在十名以下吧？最多也就在前十名吊個車尾而已。」

「到今天為止我沒想過要得第一，那種作品連我都不喜歡。但這次不一樣，因為他答應我如果得第一就一定會讓我連載！」

她說：「妳不要說那種小孩子講的話啦。畫了討厭的作品，妳又會畫不出來，在計程車裡噁心想吐，在旅館裡關禁閉熬夜。我無法贊成。」可是，這回《週刊少女Comic》的編輯沒有衝動地馬上拒絕我，而是提出了合理的條件，我對此很有共鳴。

「不要，我要試。因為這次是有目的的。為了這個我可以忍耐。」我說。

「去月刊試試看？吶，不去小學館，拿去《花與夢》試試看？」

「我不是在跟妳說這個，告訴我怎麼拿第一嘛！必須擬定作戰計畫啦。」

「……」

她眼睛裡寫著「妳真的認為自己能拿第一嗎」，沉默不語。

「哎呀，小法！」

嘴裡說要試試看去拿到第一名，卻不知道從何處著手。會讓少女們著迷的……我連做不做得到、會不會完全做不到都不知道，但我有了明確的目標，光憑這點，這就是一條值得走下去的路不是嗎？

思考了好久，增山小姐走過來，跟我說飯煮好了。當時她什麼都為我做，讓我重新振作起來，直到我的工作上軌道。明明她其實希望當作家，也立志當製作人，然而，把被稱作經紀人的工作交付給她的人，其實就是我。兩個工作都很重要，不能擁有自我認同，我想應該很是痛苦吧。

坐在餐桌上，她低聲喃喃說：「貴種流離譚[77]，行得通。」

「咦？妳說什麼？ㄍㄨㄟˋ ㄓㄨㄥˇ ㄌㄡˊ ㄌㄧˊ ㄊㄢˊ？」

「妳看，光源氏遠離京城，業平離開京城下至東國，簡單來說，就是身分高貴之子遭流放離島，之後雖然明白自己的身分，至此也經歷過了百轉千迴，被身分卑微之人撿到，接受溫柔照顧，等待復仇機會的故事。」

「哦哦！可是，這樣子的行得通嗎？不是很老套嗎？」

「會受歡迎的全部都很老套啦。一定會得第一名的不是嗎？」

順帶一提，對於討厭的東西她不管怎樣都討厭，但從以前，她就極為擅長分析故事結構。

這裡所說的貴種流離譚，是日本物語文學的原型之一。當然海外以及神話的世界也有同樣的東西，這種故事類型極為普遍，以各式各樣的變型廣受喜愛。

高貴家庭有小孩誕生，這孩子被預言會給雙親帶來不幸，因此這孩子被帶到很遠的地方。有身分低微的人或動物等撿走這孩子，小心撫養。長大成人後這孩子與親生父母相遇，被丟棄到遠方的孩子對父母復仇。最後取回自己原本高貴的身分，接受祝福。

年輕氣盛之時，會傾向一味追求身為創作者的獨特，不但自己相信可以辦得到，也希望能夠擁有。但這次我反而積極地採用原有類型，必須奮力一搏，思考要怎麼打破它、能怎樣去設計它。

沒有多餘時間說些有的沒的，我決定就用這個。也因為我直覺感到這個故事的構造跟我的脾性應該很合。少年漫畫當中英雄傳說也很常見。少年漫畫有很多從講談[78]、歷史劇而來的這種類型的故事。這種故事結構可以令讀者綜觀跌宕起伏直到結局，確實可以保持每週都有訴求力，劇情也很容易收線。

從結構本身構思到角色設計，那舞臺背景怎麼設定呢？「這個怎樣？我過去只能稍微做出一點點設定。」她提出的是，試圖從將滅的王國逃出、潛到地下的王子的形象，瞬間，場景便在我腦中展開，她說，之後的故事還沒有想到，妳可以拿去編。

帝國、王國、貴族……怎樣的國家？

啊，我想用漂亮的布纏裹住少年裸露的肌膚。纏裹布匹的國家……

埃及怎麼樣？這國家讀者好像知道卻又不甚瞭解，有著異國情緒代名詞的特質。若背景設在希臘，白種人的世界觀很強，埃及則不同。就設在埃及吧。好不容易決定要拿第一，就把所有能博得歡迎的要素全都塞進去吧。不管人家說我是什麼既定模式、模仿、類似、大同小異，都無所謂。我腦中瞬間閃過，自己過去很喜歡國中時看過的北島洋子[79]小姐的少女漫畫《尼羅河王冠》（《週刊少女Friend》）。

連我自己都很意外，至今我從未想過，要像這樣懷著某種戰略畫漫畫。

這跟已有原作不同，可以說，骨架已經有了，血肉卻還沒添上，反而有挑戰性。有這樣的角色，會這樣會那樣，會走向這樣的結果。好，就畫一篇出類拔萃、發揮我十足十功力的漫畫吧。我莫名地十分雀躍期待。

一星期後。

我在前往編輯部的計程車內，確認故事的大方向。嘔吐問題依舊沒改善。我忍著暈車，想著該如何呈現我的提案。也想了標題。

《法老之墓》。

在我看來，我覺得並不壞。

編輯部的會議室，曾見過面的A先生已經當上總編輯，與新責編M先生一同列席。

「受您照顧了。我們的狀況也不是很好，很期待這部新連載呢。」A先生說。

銷量不好似乎是真的。即使多次搬救兵也不能提升銷量，其實那段時間，他們計畫從少年漫畫那邊拉幾個人來幫忙，畫單篇或短期連載。包括楳圖一雄老師[80]、安達充老師[81]，還有，石之森老師也決定參加瞬間鼓舞了我的士氣。我可以跟他在同一本雜誌上連載了！《週刊少女Comic》採納少年漫畫，或許對原本就只讀少年漫畫的我來說還比較有利也說不定。

我請M先生很快地看過分鏡，然後開始解說。大致是好評。

M先生說：「嗯，關於故事方面呢，我認為非常容易懂。」

我把畫有角色的素描簿交給他們，繼續進一步解說。

「嗯，很有趣……可是呢。」說到一半，A先生插嘴道。

我當時想：A先生，怎麼了？難道是要叫我不要讓主角露太多嗎？

「那個《法老之墓》的『墓』字啊……不覺得有點不吉利嗎？總覺得好像身為雜誌在自掘墳墓……」

「咦？您是說那個嗎？這時候居然還談什麼吉利不吉利啊？A先生，說到埃及，讀者心裡的印象會是什麼？」

「金字塔？人面獅身什麼的。」

「金字塔是墳墓，人面獅身是守護墳墓的神明，就是守墓者啊。」

「啊，對哦，沒有啦，我就是有點在意而已。抱歉抱歉，沒問題的。就照這樣進行下去吧。結束。」總編輯慌忙站起來離開，留下苦笑著的M先生。

總而言之，連載的內容就此底定。

回去的時候，我說：「M先生，關於讀者回函，可以把結果全部直接拿給我看嗎？我想知道我現在是在第幾名。」他回答：「可以啊，現在剛好是在統計排名的時候，請來這邊我給妳看。」

或許M先生此時內心裡的想法是「要想拿第一才沒那麼容易呢」也未可知。我也並不認為要爬上前段班有那麼簡單，畢竟我從前都沒有理睬過讀者回函。出道已過三年，身為連載漫畫家竟第一次意識到這件事，或許也不大正常。

順帶一提，我的競爭對手以細川智榮子、上原希美子兩大臺柱為首，萩尾望都小姐的《天使心》、經我介紹從講談社過來的實力派牧野和子[82]小姐，再加上十分活躍的新人高橋亮子[83]小姐正在連載《玫瑰年華》。還有發表單篇的大島弓子小姐，還有還有前面提過的男性漫畫家們還預定要陸陸續續投入發表單篇作品。甚至還有石之森老師……我從前都把他們視作我的夥伴，現在全都是我的對手了。一旦意識到讀者回函，就會變成這樣。

這是離開大泉沙龍後認真展開的，正正式式的工作，之前不安定的狀況時好時壞，就連去在意結果的餘裕都沒有，可是如今即使上連載，跟那時候也已截然不同。定期聘請助手、成立有限公司，都是從開始畫這部作品、上軌道之後才有的。即使從這個角度來看，《法老之墓》是我職業的轉捩點。我也是從這時候開始，認認真真開始意識到增山小姐，以及自己的粉絲、讀者、支持者等等。

「新連載」、「全彩刊頭廿七頁」——

頂著這樣宣傳詞的第一回連載。跨頁的扉頁圖當然是彩色的。我拿到雜誌開卷附彩色頁的第一篇，還增加頁數，整本雜誌都在強推我的作品。剛好那時碰上第一次石油危機，彩色頁用的紙是模造紙，莫名散發出一種奇妙的少年漫畫感。

只要取得一次第一名，就能讓《風與木之詩》問世。雖然不知道能連載幾回，一言既出駟馬難追。M先生說第一回跟第二回都要給我彩頁，在雜誌當中這是最顯眼的，沒道理不去利用這機會。

我自己也有種把油門催下去的感覺，懷著想要一舉致勝的心情交出原稿。

話雖如此，這作品一點也沒有少女漫畫該有的樣子。最前面幾回必須花費頁數來介紹人物，而且還全是打鬥場面，只有男性出場沒有女性。主要角色之一，也是某位主角的妹妹，我讓她一下子就退場了，故事發展宛如少年漫畫般推進，完全沒有豪華盛大或戀愛羅曼史的要素。雖心懷期待，但結果離第一名還很遠，然而我心裡就是有種類似出師順利的感覺。

我先簡單介紹一下故事大綱。

背景設在距今四千年前的古埃及，過去埃及的安定統一崩潰，時局陷入戰亂。其中，小國埃斯特里亞被強大的鄰國烏爾吉納的殘暴國王斯涅菲爾所滅，一命倖存獲救的王子名為薩利歐基斯，他的雙親、哥哥都慘遭殺害，他把同時活下來的妹妹妮蘿基雅推進河裡，誓言獨自復仇……

沿著這個骨幹，我在主角身邊安排了各式各樣的角色，徹底讓他接受試煉。在這裡我依然要克制一下躍躍欲試的心情，得研讀「貴種流離譚」才行。一面閱讀德川家康少年時期作為人質時的故事，一面試著把薩利歐基斯王子的狀況套上去看看，記下能用的場景。

同時十一月，我第四次拿到彩色頁，我描繪副主角，同時也是扮演殘酷敵方的斯涅菲爾王子把蛇圍在脖子上，盤坐在開卷第一篇的彩色頁裡，來個超帥氣的呈現。他用毒蛇玩弄年幼的男僕從。這下讀者會大吃一驚了吧！我懷著這樣的心情，作品刊載後馬上充滿自信地問M先生：

「排名怎樣了？」

「第八名。」

M先生看也沒看回函的統計用紙，立刻回答。那時我心想：第八名？擠進前十了，了不起。相當不錯了不是嗎？

大概是看見我心喜面露笑容，M先生講話的語氣有點嚴厲。

「開卷第一篇，頁數也都給妳加了，這樣還得第八名，成績以主力連載陣容來說並不好。主力連載陣容要是被放在開卷第一篇，結果絕對都會是第一名的。」

「是這樣嗎？」我反問，他對我說：「若是主力連載陣容的作家，即使沒有在開卷第一篇，也都要落在三、四名。就連落到第五名都不可能。我是說真的。」

從不曾想過回函的我，無話可說。我作畫時心情很好，所以很受打擊，而且想起細川小姐與上原小姐在派對上氣派的身影，我想，頂尖作者作畫時應該是頂著巨大的壓力吧。

總之，必須快點想想辦法。如果有個能發揮娛樂效果的強心針之類的東西就好了……正當我陷入煩惱時，增山小姐說：「拿妳沒辦法，用戀愛、戀愛啦。」

「還是要用戀愛哦。」

「要想搏得人氣就要用羅茱這招啦。羅密歐與茱麗葉！悲戀，讀者都喜歡悲傷的愛情，就算殉情也要廝守在一起之類的劇情，是一定會催淚的點。」

然後她更進一步繼續說——

「其中，必須有仇敵間的爭戰。可是不是像秀吉或家康那種兩個歐吉桑的對戰，是兩個少年的戰鬥。一開始妳是描繪了皇室被毀那方的少年的事，但描寫這兩人邁向王者之途的過程，慢慢就要講到二王間的爭鬥了。這時候加入悲戀的話最有張力了，不是嗎！」

於是我重新設定角色。

……所以，雖然不知道為何會這樣，總之妹妹從河裡逃走。這位妹妹實際上被救起來了，就利用這條線，讓她跟救助她的某個人墜入情網……而一開始救了妹妹的是個怎樣的人？總之有個人出現照顧妹妹。不確定自己是從哪裡漂流過來的這位妹妹，實際上是假裝失去記憶……獲救活下來的地點，其實是敵國烏爾吉納。照顧她的人就是該國的重臣，她愛上的對象……就是殺死她父母的宿敵斯涅菲爾！大概是這樣。

「話說小惠，妳很不擅長戀愛場景對吧？」她說：「別人的作品當中，哪一部的戀愛場景是妳最喜歡的？」

「還是水野小姐的《星之豎琴》吧。」

於是她告訴我：「水野英子小姐啊。那請妳也去讀讀《銀花瓣》（《少女俱樂部》），這也是水野小姐的作品，裡頭也有戀愛場景。」

就這樣，我重新從漫畫作品中，去學習畫怎樣的場景女孩子會喜歡。我從自己非常喜愛的《星之豎琴》學習到主角的衣裝造型，從《星之豎琴》與《銀花瓣》學到戀愛的氛圍，由此發覺我也可以在自己的畫當中創造出類似的場景，並切實感受到讀者的反應開始不一樣了。不管過去或現在的少女讀者們，都喜歡楚楚可憐的少女圖像。主角的妹妹妮蘿基雅，是第一個我覺得「畫得出來」的少女，我懷著這麼強烈的熱情創造出來的少女，就只有妮蘿基雅一個了。

登場角色有著悲戀命運的設定，確實發揮了效果。回函的排名上升到五、六名了。

單行本第一集的發售與連載同步進行，我們決定在百貨公司的屋頂舉辦首次簽書會。

少女漫畫家辦簽書會不稀奇，但我從沒想過自己也會這樣做。也就是說，這是我的第一次。增山小姐站在製作人的立場，首次簽書會似乎大大吸引了她，甚至比我更甚。她強調：「嗳，那間百貨公司的屋頂，可以容納三千人哦。」

雖然她催促我：「總之，必須去買件衣服。」我回答得毫不在意，閃避過去。別說衣服了，我畫漫畫都拿命在拚，盡可能作男孩子風打扮，容易活動，我也很喜歡。當年我穿著時下流行的熱褲走進小鋼珠店，還曾經被當作是小孩子跑進店裡呢。

「不行哦。我讀國中的時候曾經去參加當時超級喜歡的漫畫家的簽書會。雖然來的人沒有很多，我看見有個穿著普通的歐巴桑坐在會場前。我一直等一直等，心想：我最心愛的老師什麼時候會來呢？結果發現眼前這個人難道就是老師？我嚇一大跳。當時想：不要……見到面……還比較好咧～～所以我才要妳穿上洋裝，不要破壞女孩子們的夢想啊，請妳穿上宴會禮服。」

「咦～～才不要～～」

可是，當年她在街上找來找去，都找不到可選的宴會禮服。她很煩惱，最後想到一個更好的點子，於是她居然提議：「穿結婚禮服吧小惠！就這麼決定了。」

我堅持：「這麼丟臉的事情我做不到！這樣我絕對不去！」

「為什麼啦！結婚禮服是女孩子永恆的夢想耶！」

「我為什麼要一個人穿結婚禮服啦！」

「穿嘛！打扮得漂漂亮亮跟其他人不一樣，是很重要的。這也是行銷的一環，是在服務粉絲啊，妳還年輕，沒問題的，很適合妳。」

「才不要咧！如果會場冷冷清清，穿那麼浮誇的禮服，不是很蠢嗎？活動是辦在百貨公司屋頂耶？」

「沒關係啦，一定會很熱鬧的，我希望妳代替我穿。我一直都想穿很可愛的洋裝卻沒辦法穿不是嗎？都一直穿制服！就當作是為了這樣的女孩子吧，拜託，代替我們穿！」

我原本千百個不願意，到最後她還是說服了我。最後我是想：如果不是遇到這種場合，或許再也沒有機會可以穿結婚禮服，就當作體驗一次穿穿看，也不壞啦……或許也可以當作未來畫漫畫的哏……能讓粉絲們高興就好……不知怎地就這樣接受了。拜此所賜，從那之後，每遇簽書會我就非得準備禮服不可，完全成為粉絲們期待穿著蕾絲與荷葉邊的漫畫家了。真的，萬事起頭難。

到最後，這場值得紀念的簽書會，我穿上了之前買來準備在派對上穿著的「歡樂滿人間」風格的洋裝與帽子，光這樣就已經十分醒目了。

我滿心害羞不好意思來到簽書會場，原本以為來個三百人就了不起了，現場居然聚集了三千人。

百貨公司屋頂架起的帳篷下滿滿都是人。原來我實際上真的有這麼多粉絲，這個事實讓我感到純粹的喜悅。我一直孜孜矻矻地默默畫圖的筆尖前方，是真真實實地有粉絲存在。我這才注意到這件如此理所當然的事。先前一直擔心禮服的不安都被拋諸腦後，心想：沒有穿普通衣服來真是太好了。人那麼多，我應該會被淹沒在人海中，最重要的是粉絲應該不會喜歡。我非常感謝增山小姐之前力勸我穿戴打扮不是為了自己，而是為了粉絲。

這是值得回憶的一天，我直接親眼見到了購買《法老之墓》的人們。Y先生多方督促我推出的《喜歡天空！》單行本銷量也攀升，大家高高興興地期待續集出版。由此我能切切實實地感受到，自己與外面的世界是聯繫在一起的。

14 讀者回函

從此以後，增山小姐就組織我的粉絲俱樂部，由當時還在讀高中的村田順子[84]小姐（之後擔任我的助手然後出道成為漫畫家）擔任會長，向她發布資訊以製作會報。若是為了提升作品排名，她會提出故事構想，或像首次簽書會那樣，在各式各樣的場合為我提供協助。但就外界眼光來看，她就只是我的經紀人。我想這是她最大的不滿與壓力。

經紀人也有許多不同的型態。有些限定在所謂被稱為「提包包」等接送與打點工作方面的個人相關事務。有些人只負責金錢控管。也有些人全心全意投入支持創作者本身的活動。形式不一而足，工作範圍也各有不同，用一句「經紀人」就打發了這一切，她應該是不怎麼高興吧。

她原本就立志當作家，得到她實際上對作品的具體意見，給我非常大的支持。她發揮這些作為編故事能手的才能，用來大力推銷竹宮惠子這個人，而這件事直接讓她夢想成真。

她的意見從「如果這裡沒有安排能成為試煉的事件，故事就接不起來了」等故事大方向的指示，到「有什麼能作為主僕關係的參考……對，《勸進帳》[85]相當受歡迎，所以請妳加入這個元素吧，是會催淚的呢。該怎麼做才能成功加進去之後再想，要去看《勸進帳》嗎？」這一類先一步給出具體場面甚至提出參考資料等都有。

我這邊呢，自己與增山小姐很明顯顧不到的地方，就去跟責編M先生商量。

比如說，我很煩惱戰鬥場面該怎麼處理，他便告訴我：「這我也不甚瞭解，有位劇作家對於跟故事有關的資訊十分熟悉，我們去請教他這類場景的設定狀況，請他提供點主意吧。」

就我過去的經驗，若有漫畫原作，我會很擔心被原作者的故事帶走。即使對方提供想法，若我擅自改動，或許會傷到對方，所以導致彼此必須頻繁地討論。即使不然，我也要跟增山小姐、M先生兩人分別討論，不但花的時間比平常更多，人際關係也會變得更加複雜，所以我很想避免。此時M先生試著問我：「只要請對方出主意就好了，請對方出主意妳可以吧？」

「這樣也可以。依照對方待在公司的時間，編輯部會提供謝禮，請妳每一次都先整理篩選詢問事項。」

說來很丟臉，我還是第一次知道編輯可以這樣用（！），而且有時連錢都幫我支付。光是這個戰鬥相關的事情，這位劇作家就兩、三次給過我提示、幫我出主意。

我過去看戲劇或電影的戰鬥場面都不經意帶過，不瞭解戰爭劇中登場的戰鬥當中的作戰詳情。對此，我提出更加具體的問題：「比如說像《法老之墓》那樣的古代，數量壓倒性地少的軍隊與敵方大軍對峙時，若要打贏，須具備什麼條件呢？」

於是這位劇作家告訴我各式各樣的實例：「古代的世界嗎？哦哦，是埃及啊，是在紀元前吧？這個嘛……比如說《平家物語》中，有讓牛背負點了火的柴薪跑進敵軍陣營的例子。也有這樣的場面，其他還有……」真不愧是專業人士，這些也可以運用在古埃及。劇作家與節目企劃擔任提供構想的智囊，活躍在電影與電視的世界中，有時會看見他們的名字有時則不會，真是行行出狀元。

到如今，甚至可以說，走紅的連載漫畫，一定都有這類的智囊在背後，竭盡努力讓連載維持在絕佳狀態。聽說少年雜誌這種情況也越來越多。單行本銷量超過五百萬等級的作品，對出版社來說是重要的商品，所以甚至沒有辦法只聽作者的意思。

戰爭場景當中，我對火藥也做過功課，因為在圖上可以呈現出很盛大的場面。其實依照史實，火藥當時還沒有發明出來，這點在創作上完全是我瞎掰，也是所謂的設計安排。如果有材料，要配出火藥並不複雜，出於某個偶然，在發明前的時代就存在，應該也不奇怪吧。

關於武器我也思考過。因為安排了大場面，基礎的部分我都詳盡調查過。首先蒐集大量資料書，為自己設下限制，只畫裡頭出現的東西。如果全部都是設計的，就會失去真實性。看到類似箭鏃的東西，我想到的是西方武器並不像日本的那麼鋒利，也就是所謂的鈍器之類的東西。事實上我也想過這種東西到底能不能砍，根據當時的學說，圖坦卡門的頭蓋骨上有凹陷的痕跡。我便明白戰爭當中使用的果然就是這種鈍器吧。

然而，這是漫畫，也希望裡頭有看起來很炫的東西，當然，是在守住真實性的前提下。圖面上最醒目的，是射出弓箭或投擲鋼鐵等物的場景所描繪的、飛來飛去的道具，然而這種東西那時果然也不存在。我也想要槍出場，但不是木頭的，而是材料完全不同的槍狀物品。我想過不妨設定為只讓一部分部族持用。似乎在歷史上，只有某部族擁有先進技術這種事，並非完全不可能，我把它當作謎團，可以拿來使用。

此時，我開始感受到專心創作故事的有趣之處，角色也逐漸成長，我也醉心於安排他們往哪個方向去採取行動。在此期間我也不再去在意身體狀況。宛如用投入工作來欺騙身體似的，可以說是下猛藥了。我後來便能開玩笑說「低潮大概是有底的，到底之後腳一蹬浮上來就好了」。說到底，我做的全是勞力工作啊。

話說，我覺得增山小姐跟我的討論也很特別，因為幾乎都是用口述進行。

一九七四年著手畫的《變奏曲》系列，故事本身完全由她實際創作，她也曾以小說形式開始描繪，但沒有完成。但她本身甚至連角色相當細微的部分都掌握得很明確，口述架構時連行動的方向與強弱也講得很清楚。若在戲劇的世界裡，她就如同演出家以「現場口述」方式[86]一句句叫演員模仿他講臺詞來進行演出那樣。她所要求的微妙差異與變化，很難透過事先寫好的字句傳達給對方，唯有口述才能做到，所以對我們來說，這方法很有效。

尤其在與少年們相關的美學意識上，我與她就像雙胞胎般一統。在這部作品工作期間，就算是講話毒辣的她，也從頭到尾誇獎我：「幾乎沒有人可以像這樣光用講的，就能把我的話直接畫成漫畫。」

當漫畫家借用別人的構想時，會根據其工作內容將這個人的頭銜寫進作品當中，如原案、原作、大綱、監修等等。依此人提供資訊量多寡，所受的待遇也不同，這是很常見的。從口頭提出構想到完全的漫畫原作，涉入作品的方式有很多種，她涉入我作品的方式與程度也各有不同，大多是提出結構上的想法。

雖然她扮演的角色是幫助我建構故事，然而就增山小姐長期以來所累積的，對於《變奏曲》的想法來看，她完全是這部漫畫的原作，只不過並沒有以堪稱「原作」的形式標示出來而已。

一般給出構想的人，該角色的費用由編輯部負擔，沒有頭銜也沒關係，但她的情況該怎麼處理？我曾經提議給她頭銜，但她死命拒絕。她擔心漫畫家竹宮惠子的價值會因此減損。

當時，社會一般都把「搭配原作的漫畫家」的實力與地位看得比較低。在那個時代，會編故事又會畫畫才是漫畫家，否則會矮人一截，還會被人在背後說閒話。實際上許多創作者工作時都有智囊襄助，然而這些智囊們多多少少都會收到他的那一份費用，所以不會現身。

現在就有像CLAMP[87]這樣，四位漫畫家各司其職、以同一個名稱發表的。就算採取這種形式我也無所謂，但她應該也不會想要吧。她是為了自己「在少女漫畫掀起革命」的夢想而行動，名與利之於她都不是問題。

總之，增山小姐當時有心理準備，為了提高《法老之墓》的人氣，她什麼都做。這都是為了要讓《風與木之詩》上連載。

不光是作品內容，有時她也會否定至今的編輯方針，我想責任編輯M先生應該很困惑，但他採取的態度就是毫不在意，只聽我的意見，把增山小姐的意見交給我判斷就好。M先生身為編輯，主要的工作就變成在把作品送到讀者手上之前，確認其統整性。

某天，M先生來到我的工作室關心我的狀況說：「妳沒能趕上截稿時間呢。」

「我希望妳能想辦法更早一點完成。我算過到底實際上要花多少時間才能確實畫完。竹宮小姐，妳其實是可以準時的。主要就是太晚著手下去畫，不是嗎？為什麼不能早點下去做呢？」他挑出的我的這個問題其實很中肯。

「不，不是的。如果不告訴我截稿時間我沒辦法做。」

縱然遲交不值得誇耀，但我真正的作畫時間其實很短。如果不大去刻背景，二十頁上下兩天就能畫完。只不過事前準備，為了畫原稿，必須先分鏡，為了劃分格子，無論如何都要先有故事架構。為了建立架構，必須取材。年輕時我滿心以為腦袋一旦明白，馬上就能畫出故事，想都沒想就出手分鏡。然而一旦這樣做，畫到一半一定會停下來。然後，浪費了時間最後幾乎放棄，但我是職業漫畫家，終究不能放棄，即使如此還是趕到最後一刻。

「我知道妳為了得到第一名，付出相當多的努力，也相當煩惱。可是啊，要是必須在排名相同的兩人當中選擇一個，編輯當然會選那個會準時交稿的人。說極端點，到那種時候我們根本不看內容了。我想竹宮小姐最大的課題在於此。」

那時我本想反駁M先生，聽到他下一句話我默不作聲。

「因為接下來，有《風與木之詩》這個畢生的志業在等待著妳不是嗎？我認為，若想畫那部作品，嚴守時程是鐵則。」

M先生說出了很難啟齒的話，所以低下頭去。

一陣沉默之後，我說：

「那，這樣吧。請你好好地騙我。今後，請你告訴一個我提早幾天的假截稿日，認認真真地催我。」

我一邊說一邊想：這方法說不定出乎意料行得通。雖然會給責任編輯添很多麻煩，但應該可以趕上「最終死線」。

「這樣妳就能準時嗎？」

「可以。相反地，請您好好地騙我。」

M先生半帶「真是夠了」的表情：「我瞭解了，就這樣做吧……」理解了我的想法，但臨走時他依然半信半疑：「妳這樣說，就不會去跟其他創作者打聽真正截稿日的是嗎？」

「我不會做這麼卑鄙的事情，因為我已經決定了。」

從那之後，我都嚴守M先生告訴我的截稿日，為什麼我更早之前就做不到呢？

之所以把M先生找進來討論，因為他是編少年漫畫出身的，同時在「打破少女漫畫典型故事」層面上，他跟我有共鳴。

其中一個例子是反派的問題。

藉由設定角色狀況與性格，故事往前推進，根據這個角色所說的話，產生出鮮活的故事。所以，首先要有強而有力的角色，能把這故事拉到最後，就是圍繞著主角的配角，尤其是反派，故事中有富魅力的反派，可讓故事產生緊張感。有很多讀者喜歡配角或反派勝過主角。然而少女漫畫中，要描繪這個反派意外地困難。

少女漫畫的世界當中，多是單純的敵對兩人分出勝負，很難出現真正自私又冷酷的反派。許多故事從一開始就是在非常狹窄的世界中鋪陳開來的。如戀愛關係、家庭、學校、公司等小小的世界。除敵手外，只會出現討厭的上司或壞心的繼母之類的典型人物形象。但是所謂「壞心的繼母」等等，單純只是情感上有障礙。他們跟無視倫理、主動推動社會的那種冷酷的、策略性的思考，是絕緣的。

人際關係中的個人情感爭執就已經是惡了，在大範圍的社會或權力構造中這絕對更是惡，換句話說，策略性地乘隙逆轉等有意為惡的角色類型十分困難。

若談到所謂《法老之墓》中處理的王國的滅亡與復興、存續的故事，就必須有推行政治的反派角色出場，原本少年漫畫裡就有這種壞人，但這種人在少女漫畫當中極端地少。少女漫畫充其量頂多讓一些竊占公司之類的角色登場，然而告訴女孩子們人性有很多面向，包括社會構造或組織結構中的屬性或惡質等的內容，則幾乎不會出現。我們經常討論該怎麼呈現這類事情。《法老之墓》中最大的反派，不是主角的敵人斯涅菲爾，而是在背後操縱他登上王位的大臣。我把情勢設定為這位大臣把自己的女兒許配給斯涅菲爾，但這女孩心地純潔，是站在主角這方的。

隨著M先生擔任我的責編日久，討論之後他也幾乎不把讀者回函拿給我看了。

某天討論後，我問他「結果怎樣」，M先生突然面露奇異的表情說：「其實……滿差的，現在妳不要看排名，專心畫分鏡吧。」最後又總結說：「可是，也為了《風木》，請妳一定要努力。」

有時排名慢慢往上爬，也有時往下掉。曾經一瞬間衝很前面，但總是無法拿到冠軍。大多在十名前後徘徊，然而即使如此我也滿足了。M先生也不再拿回函給我，只是含糊地說：「結果還沒出來。」

漸漸地，我真的不再在意回函了，因為我開始真正對畫畫本身樂在其中。

我慢慢地打從心底對畫漫畫湧起滿足感，這是我身為創作者巨大的變化。或許，出乎意料地，這就是創造作品的喜悅也說不定。回函的排名固然重要，首先我為自己提升到有能力控制故事的階段感到喜悅，我能夠這樣想，也是從這部作品開始的。

我接受自己的排名無法跟人在回函中競爭冠軍，自此，我開始謙虛地想要更深入去瞭解，讀者會在什麼樣的點上追求趣味性。

細川智榮子小姐的《王家的紋章》（《月刊公主》）也是促使我轉變想法的契機。這部作品跟《法老之墓》同樣都以古埃及皇室為題材。我從小就讀細川小姐的漫畫，本該很清楚她是如何獲取讀者歡迎的，但在雜誌上閱讀她所畫的這部題材跟我相同的漫畫，讓我注意到一個事實，就是細川小姐的手法有她獨特的風格，不這樣做就拿不到冠軍。

比如說：女孩子的特寫很有魅力，登場人物之間的關係也以女孩子為中心鋪陳，越來越熱鬧。我不想模仿她，我早就已經過了這樣的階段，單純只是瞭解到自己是做不到的。我只能說，這是身為作家在「質」方面的不同。

在描繪埃及的手法上也是，必須在一個更優雅的世界中鋪陳故事。就像《王家的紋章》，即使是戰鬥這件事好了，也需要有「在凡爾賽宮殿中戰鬥」這種程度的誇飾效果。我所描繪的是沙塵暴啦、水啦等等與自然景色同在的世界，終究無法描繪自己沒有親眼確認過的世界觀。

到最後，創作者就是一種只能以自己的核心為中心，一面補足周邊，一面成長去完成作品，否則活不下去的生物。或許，用本身沒有的東西在連載間取得冠軍，並不會感到滿足也說不定。

我最初的目的，是在讀者回函中拿第一，畫自己真正想畫的《風與木之詩》。

確實，當時我的排名最高只到第六名左右，打不進前五名。即使我給自己打分數，也差不多落在這裡。當時的第一名常勝軍是高橋亮子小姐的《玫瑰年華》，讀者喜好的傾向也從大時代物語，轉移到身邊會發生的學校生活。曾幾何時我沉醉在作畫中，原本我畫《法老之墓》是為了《風與木之詩》，後來便不再在意這點了。單行本的銷售情況也比預期好，比起在乎排名，我後來覺得自己只要專心提高作品的完成度就好。

連載一開始，我認為所謂作品，就是一種主張自己想說的事情的手段；隨著時間過去，我發覺一件很重要的事，就是讀者並不想要作者把他的自我主張強加在讀者頭上。模擬體驗自己身邊實際上不會發生的事情，在這過程中與主角同步共鳴，不知不覺間讀者會發現全新的自己……這樣的故事對讀者才有價值。《法老之墓》畫到最後，我明白這件事，創作故事就突然變得有趣了。

於是，我後來也強烈地感到，「一定要拿冠軍」這件事，同時也賦予我可以連載《風與木之詩》的力量。我開始可以控制故事了。

就在此時——

M先生跟我說：「接下來妳可以用八到十回連載把這故事結束嗎？」

我們彼此都知道故事發展到這裡也快進入尾聲了，但實際上一想到已經要結束了，總有種莫名的捨不得。

「這樣嗎？那我著手調配了。」說是這樣說，我也有種不想放手的感覺。畫漫畫很開心，就像念國中時開始正式畫漫畫那樣。

那之後，完結篇前一回得到了第二名，是該作的最高名次。我把描繪《法老之墓》的意義全都灌注在這一回當中，得到亞軍，讓我嘗到巨大的充實感。我甚至已經可以完全覺得「沒得冠軍也無所謂」了。在這一回，我成功回答出「活著是什麼」這個問題。這已經不單是貴種流離譚，是我得以與讀者持續爭論這個重要的問題。我一邊畫，一邊心中暢快。

描繪故事的人，若確實認知到自己的想法可以好好傳達給讀者，就算沒有得第一，也會滿足。少數粉絲寫信來給我很切中的指正，我很開心。讀者竟能如我所想的讀懂我到這麼深的程度，讓我很是雀躍。我有種跟粉絲一起創作作品的意識，若能感受到透過作品直接與粉絲握到手，沒有得第一也無所謂，這樣的心情依舊隱約延續到今日。

對我而言，漫畫是一直去思考、一直去發問，為了試圖接近真理的媒體。

「M先生，即使沒有得第一，您還是會在連載會議中提案《風與木之詩》吧。」

我問M先生，M先生苦笑著含糊說：「哎呀～嗯～」

「沒有得第一是事實，責任不在M先生身上。可是，我還是有在連載會議當中提案的資格吧？我有自信，多多少少能將畫者的想法傳達給讀者。」

M先生已經得知下一部作品的內容，他滿臉困擾，他以前就曾經說過他完全不喜歡《風與木之詩》也不明白它在說什麼。平常我沒辦法接受這種話，Y先生那張臉浮現腦海，他應該是不會甘願點頭同意的吧。

雖然心裡不期不待，我卻能理解。但M先生答應我：「好啦，總之我會試著提案看看。」

出乎意料，隔天結果馬上就出來了。M先生滿心歡喜地來告訴我。

「《風與木之詩》通過了！《法老之墓》結束後，請妳馬上著手準備。我們家心地也沒那麼壞吧，不是嗎？」

「不會吧？真的嗎？真的？可以嗎？責編呢？」

「是我。」

《法老之墓》開始連載的時候，比萩尾小姐的《波族傳奇》晚半年，《喜歡天空！》終於決定印成單行本了。那本書最後刊載了一篇短篇《落葉之記》，是《風與木之詩》的一部分，我無論如何都想讓它面世，所以把它登上去。我無論如何都想知道讀者對於這種故事的反應如何。然而明明沒有做任何預告也沒有解釋前後設定，讀者卻接受了它，寫感想寄給我。我真的非常感激有讀者在。從看不見前路的時刻，就一直支持著像我這樣的漫畫家。

《法老之墓》連載了一年半，連載同時，我還以兩個月一次的頻率在月刊誌上刊載單篇作品。這些單篇作品幾乎都有及格，我很幸福。連載結束那時期，單篇作品被拆分成前後篇，如此，同時畫兩部長篇也不是沒有可能了。

一九七六年我畫完《先生的小鳥》這篇單篇作品時，故事的每個角落我都盡其所能地表現到極致，我清楚地意識到自己控制得了，我察覺自己的低潮期已經結束。

日常生活依然如舊，沒有改變，然而萬里無雲的寧靜光明就在前方。

15 在大學教漫畫

若要詳述一九七六年《風與木之詩》上連載後發生的事情，就要另外再寫一本書了。在此請容我概略地介紹一下。

山口百惠小姐的歌中，有句歌詞是這樣的：「跨過這條河，將從少女變成女人。」

我想，我已經跨越了少女漫畫的世界這條河，我一直認為，若跨不過去，不管經過多久，少女漫畫都不會超越某個層次，無法觸及人生問題。

我想，我可以告訴別人：因為不知道怎麼跨越，所以，如果這樣做，就能完成大家沒有做過的事情。

我為少女漫畫掀起的小小革命，就是讓《風與木之詩》上連載。《法老之墓》連載剛開始時，我還對自己的將來心懷不安，身心都風雨飄搖。連載這部作品的一年半期間，我甚至開始有意願同時連載兩部長篇。好好地做我的工作，對它的內容負起責任，這直接令我獨立自主。如前所述《風與木之詩》連載成立時，增山小姐的《變奏曲》系列也在月刊上連載了三回。在那之後也以同樣形式短期連載。我覺得像是在進行兩人份的創作活動。

因為有過這份經驗，第一次有少年漫畫雜誌發稿約給我時，我就勇敢地接下來了。那本雜誌就是《月刊漫畫少年》（朝日Sonorama）[88]。

聽說手塚老師決定在這裡連載《火鳥》，我不勝惶恐、猶豫再三，增山小姐也在後面推我一把：「是少年漫畫雜誌耶！妳不想畫嗎？妳原本不就想在少年漫畫雜誌上面畫嗎？」我就接下了三回左右的短期連載。

我第一部正式科幻作品是一九七五年初畫的《自西爾維斯特之星而

來》，然而這次我覺得雖然少年漫畫雜誌的難度很高，依然阻止不了我的冒險精神，所以著手去畫。這部連載《奔向地球》始料未及蔚為話題，銷售情況也出乎意料。

粉絲客層也跟以往不同，我會在街上被人叫住說「您是畫《奔向地球》的竹宮老師是吧」，少年漫畫雜誌竟有如此不同的影響力，每每令我驚訝。

終於開始連載的《風與木之詩》開頭五十頁，內容跟我在半夜打給增山小姐的電話中所講的幾乎完全一樣，那就是二十歲時的我害怕不能發表，或是害怕可能不被允許上連載之下所呈現出來的樣子，沒有改變。我高高丟出球希望讀者能接到，看來是安全達陣了，從第一集就得到很大的迴響，很多評價都是善意的，如「我一直在等待這類作品」之類。

連載開始後一個月，我很害怕讀者的反應，甚至決定不看粉絲來信。編輯部一直都是半是期待、半是緊張。M先生顧慮我，相當小心，當下只讓我聽到正面評價。我也不想聽到雜音，專心致志使作品的鋪陳能引人入勝。

第一集開頭就從兩個少年上床、做愛結束後的情景開始，接下來的劇情是這樣走的：描繪宿舍生活的少年（學生）們之間、學生與老師的性交易、少年與父親的近親相姦。就算有父母指責說這不適合給還沒成熟的女孩子閱讀，我也絲毫不覺奇怪。但就我看來，為了把這主題挖掘得更深，這類的描寫不可或缺。

我也曾經從別的編輯部那邊聽到「那部作品就像是作者的自慰行為

摘自《風與木之詩　第一卷》

一樣」的聲音。可是當時的我已經有心理準備會被人這樣講。雖然會在意，但我心裡是覺得，為了不讓這部作品胎死腹中，我都費了這麼大的力氣了，所以完全沒有被傷到。

連載途中，評價某種程度看來已經底定之後，我曾經試著問M先生：「一開始應該也有收到過讀者的抱怨吧？」M先生回答：「啊，最開始大概兩個月吧，是有過一些有的沒的。」但內容是什麼他完全沒講。接著他又對我說：「這部作品是編輯部決定要連載的，我會保住它直到最後，請妳安心專注在作畫上吧。」

隨著作品在社會上傳播開來，各方業界人請我就《風與木之詩》接受對談或訪問。隨著我與這些人變成知己，他們所寫的文章給我莫大的鼓勵。

劇作家寺山修司先生[89]寫道：「此後的漫畫，大概慢慢會被稱為《風與木之詩》之前與之後吧。」他評論：這部作品當中不只有新的性道德，也有新的人類觀。

又，心理學家河合隼雄[90]先生在新聞評論中解說：「就心理學面向來說，《風與木之詩》是為女性創作的故事，描寫女性內在應該克服的問題。」這類批評不知為我提供多大的掩護火力。

《風與木之詩》在《週刊少女Comic》上從一九七六年二月開始連載到八〇年十一月（到第二部一半為止），之後發表的舞臺就換到同樣小學館剛創刊的《Petit Flower》，從八一年冬號持續到八四年六月號，然後完結。

連載過程當中一再入圍小學館漫畫賞，我也接到通知說它進入最後的決選。當時的我單純地對工作樂在其中，享受得不得了，光這樣就非常滿足了，我就說：「什麼獎的無所謂啦～」但增山小姐說：「不！需要！絕對需要！請妳一定要拿到。」她應該是希望，經由得獎，能夠讓世人知道，少女漫畫可以做到這種程度的表現。

一九八〇年小學館漫畫賞評選，《風與木之詩》加《奔向地球》也被推舉入圍。贏得爆發性人氣的《奔向地球》被東映動畫拍成動畫電影，它的主題歌就連小學生都會唱。跟《風與木之詩》不同，它洋溢著主流的氣息，可以說是在陽光照耀下的故事。

毋寧說，這部得到推舉入圍是理所當然。可是，正因如此我才打算堅辭僅以《奔向地球》得獎。《風與木之詩》必須一起得！因為我當時心裡覺得，正是要這部作品得獎才有意義。所以我以兩部作品得獎時，真的鬆了一口氣。

平常講話都很難聽的增山小姐，那時也一個勁兒為我高興，她堅稱：「我這輩子只有一次高興得彷彿全身血液都倒流，就是竹宮惠子得到小學館漫畫賞的時候。」

另一件事，就是《風與木之詩》最後一卷要印成單行本的時候，我跟Y先生起了點小小的衝突。

《風與木之詩》在《週刊少女Comic》連載到一半，轉到剛創刊的

《Petit Flower》，最大的理由，是它接下來會講到成人的事情，被判斷為不適合少女漫畫雜誌。

決定轉到《Petit Flower》，則全在Y先生身為創刊總編輯的主導之下。《Petit Flower》就是現在的《月刊 Flower》。提高年齡層再度連載，我其實求之不得。

長期連載很困難，隨著連載日久，所針對的讀者與作品登場人物兩者間的心情會產生落差。角色沒有成長還好，但在《風與木之詩》故事當中，角色的成長占據了關鍵的部分，所以落差更加嚴重。

Y先生調到《Petit Flower》同一時期，我也一再越級提出要求想轉移到那裡。然而當時Y先生把我擋下來說：「這個嘛，現在有點難。」「如果這樣做的話會……」其實是遲遲無法下決定。

就外界來看，或許我是個任性的創作者，沒有乖乖聽從編輯部的指示，很不受控，自己決定進退。但我開始覺得，或許Y先生是不想讓我的作品進入他的雜誌……也說不定。

可是，我依然強迫拜託Y先生，讓我轉換舞臺。對我來說，比起別家出版社賣得好、受歡迎的雜誌，有沒有「夥伴」能理解自己革命性作品的表現，還比較重要。

能不能把連載畫下去的判斷也是，我非常討厭光用「受歡迎」的理由就違反創作者的意志，把連載延長下去。我認認真真地思考了長大成人的《風與木之詩》該如何收尾，希望Y先生也能想一想。

我硬是轉換到《Petit Flower》上連載，後來總算也結束了。記得是出版最後一卷的時候吧，只有最後一卷頁數變多，如果全部收在同一本單行本裡，無論如何都會多花成本。

Y先生的想法是，把多出來的頁數再出成一本單行本，多出來的空白頁就用衍生（番外篇）短篇或過去其他短篇來補足。我則已經決定，單行本要完完整整只收錄《風與木之詩》一部作品。我希望統一的世界觀自成一個整體，若加入別的作品就會破壞這個世界。應該也是會有讀者想要沉浸在結局的餘韻裡，如果別的作品又開始了就會覺得掃興吧。

所以，我強烈請求Y先生，即使多花點錢，也希望《風與木之詩》能維持它的獨立完整。

Y先生來到我的工作室，說：「做不到，我沒辦法給妳特別待遇。」我堅持：「終於出到最後一卷了，這點事情你就答應我吧，好嗎？」

「不行，辦不到。」Y先生一步都不退讓。

我好不甘心，眼淚湧上眼眶。平日裡懷抱的不滿的種子，更是一顆一顆甦醒過來。

「妳哭也沒用，不行就是不行。」Y先生一口回絕，就離開了。

我怎麼也無法接受。我認為作品成形的過程中，創作者與編輯應該站在對等的立場，但實際上創作者的意見居然如此難以貫徹嗎？一想到這份關係到最後跟之前根本完全一樣毫無改變，我就好想大叫：就算身體跟精神狀態都壞掉了，我依舊一路持續畫到今天，究竟是為了什麼啊！

隔天，我又去了一趟小學館。我在開會用的小隔間裡申訴了好一陣，Y先生大聲拒絕我，音量越來越高。我不禁心一橫，把至今最想問的那句話宣之於口。

「Y先生，你其實，不喜歡我的作品對吧？」

「……」Y先生陷入沉默。

「請你挑明了說吧，你其實也討厭《風與木之詩》對吧？」

「……沒有，沒這回事，我覺得很有趣啊，可是……」

「可是什麼？」

「有一點……那個。」Y先生還是吞吞吐吐。

我就知道，你其實是討厭的吧？我一直有這種感覺，可是我都不放棄一直努力到現在！然而——

「算了，這種出版社。」我一臉泫然欲泣地從座位上站起來，滿心不甘地回頭看Y先生，丟下一句話。我必須說句話，要是不說些什麼，我心裡過不去。

「我一直都很想講，Y先生您知道自己跟我，真的很合不來嗎？」

突然聽到有人對他這樣說，Y先生好像不知該如何應答的樣子。

「天蠍座跟水瓶座，最合不來了啦！」

跟Y先生不歡而散隔天，責編跑來偷偷告訴我：

「那之後，發生不得了的事啊~竹宮小姐大叫著站起來離開後，我們當場一片靜默，Y先生也沒有回座位，直接衝進社長室交涉。然後社長就很乾脆地同意說，好啊，即使書變厚，價錢也不變，他一臉鬆了一大口氣的樣子。我想過不久他就會得意洋洋地打電話給您，您就裝作不知道這件事，等一等吧。」

——就這樣，如今，我在大學裡教授漫畫。在大學裡教漫畫，不，我原本根本無法想像居然可以在大學裡教漫畫，但我自己也想確認「到底能不能在大學裡教授漫畫」，現在也依然在這麼做。

有時我會提到自己年輕的時候曾經發生過的事，學生們對我身陷低潮輾轉三年的故事最有反應。上「腳本概論」課的時候，我都會講這些開場白：

「我為什麼要教『腳本概論』？是因為我沒有好好對腳本這個東西做過功課就畫漫畫，吃了不少苦頭。一開始我認為：漫畫根本無法寫腳本。憑感覺把格子連起來就成了漫畫了，如果先用文字把它寫成腳本，一開始作為創作者躍躍欲試的興奮感就會減弱，無法乘著這個興奮感把想到的內容化成畫面。所以，若被腳本之類的東西束縛，去畫也沒有意義。在座各位做如是想的人應該也很多吧。剛開始還會去做一些入門之類的功課，然後就拋諸腦後了。可就因為我過去是這樣，成為職業漫畫家後遭遇了千辛萬苦。」

想說的事情很清楚，也有很好的橋段。可是化成漫畫後一點也不有趣，也不引人入勝。也就是說，我過去完全不懂安排與呈現。我認為這個才是應該去學習的，應該學習前人留下的大量智慧。電影、戲劇、小說等各種創作領域，裡頭都有「人會在什麼地方感動」或是「這樣會覺得有趣嗎」的技術，於是我們能夠去創作「感動」。等到連載《法老之墓》的時候，我才終於理解到這點。

我勸大家：當我能靠自己完全控制故事時，我終於從長長的低潮隧道中走出來了，這給身為創作者的我提供了巨大助力。

有時當我們把這股興奮感化成故事橋段、用分鏡喚醒它，它反而就消逝無蹤了。明明覺得故事不錯，但有時成果不如預期，我們便試著加以思考，該怎麼做才能編織出引人入勝的故事線，此時，創作腳本的技術就派上用場了。

如果能把這個學起來，碰到需要的時候，就能像查字典一樣找出來套用。前人好不容易研究出來的東西，非用不可。學到了這個技法，也不會降低自己想畫故事的衝動。我想告訴學生們，在參照創作腳本的技法、著手準備的過程間，我們迫不及待想把故事畫成漫畫的興奮感與雀躍也不會減少。

所謂「教授」，就是「讓人意識到」。漫畫也是一樣。作畫的時候，要試圖讓讀者發現自己畫的漫畫很有趣。

我還教授另一件重要的事：「請加強你的藝術表現」。這原本是指花式滑冰比賽等的藝術印象分。若談到漫畫家的藝術性，大家容易想到的單純只是好幾招筆下工夫的高低，也就是繪畫的部分，其實不是。「傳達出去」與「能夠傳達」是漫畫的力量，而這才是技術。最重要的是「能夠傳達」給看不見的讀者的力量，也就是「傳達」力。

比如說，一個肉眼看不見的東西因為某種原因，產生「沒有寫在臉上（甚至不能表現出來）的感情」，如果是你，你會怎麼表現？

《羅馬假期》開頭的晚宴場景裡，安公主笑容可掬、禮儀端正地應對一個接一個前來打招呼的訪客。可是，鏡頭卻照到她的裙子下面，她在裙子底下把高跟鞋穿了又脫脫了又穿。當她這樣做的時候，鞋子一個沒穿好，她只用腳尖設法把鞋子再穿回去，是一個相當詼諧的場景。即使她心裡覺得「好無聊啊，好拘束啊」，在全世界要人聚集的晚宴中，這種感情也不能表現在臉上。即使坐在椅子上，安公主跟隨從都沒有用手撿起脫掉的鞋子，隨從邀請公主跳舞，繼續搬演公主移動到已經脫掉的鞋子上終於再穿回去的場景。可是可是，光是「脫掉鞋子」，幾乎沒有臺詞或解釋，也能表達安公主的情感與境遇。

當你感到「痛苦」時，假設你的某個朋友鼓勵你：「還好嗎？怎麼了？打起精神來。」得到關心你會高興，可是難道沒有覺得哪裡不對。心裡的某個角落有個大大的東西在不爽，這小小一句話無法安慰。或許，甚至當我注意到「我的不爽還比較大」這個落差的瞬間，甚至會懷疑自己原本在「痛苦」嗎，然後把這情緒吞回去也說不定。可是，總覺得只要這個不爽的感覺沒有停下來，就一步都前進不了……宛如把這一團霧般的東西揭開公諸於世似的，化成繪畫、化成文字、化成臺詞的過程，不就是創作的原動力之一嗎？當我們試著揭露它，看到它的形狀成為可見之物現身在眼前時，明明做出來的人是自己，但連自己都可能會驚訝，或受到衝擊，或不可思議地被治癒，或覺得全然不同。這項工程要說麻煩也的確非常麻煩。但如果不這樣做，心就無法前進。而那個我內心的不爽，有可能本身也是讀者曾經想要喊停的情緒的極大一部分。

說到「藝術表現」，學生們一定會問：「要怎麼做才能增強藝術表現呢？」很遺憾，這是無法傳授的。把所有的要素，從這一團霧般的東西裡頭，從自己的外面跟裡面拉出來。至於能不能傳達給讀者，希望大家繼續探索下去。

學生們十八、九歲入學，連眼睛都來不及眨一眨，像風一樣很快地就飛走了。

跟學生們相處，不禁讓我深深回顧自己二十歲的年紀。那的確是邁向今天的我的第一步。我如今依然將「勿忘初心」寫在素描簿封面上。過去，還在不知道會是什麼形式的情況下，我立志成為名叫竹宮惠子的漫畫家，途中不管發生什麼事，只有這點我從沒動搖過。所以，也包括曾經歷煩憂苦痛在內，我才得以走到今天。

筆墨將盡之際，我要感謝一直沒有放棄只能依心而言、率性而動的我，為我加油的各位讀者與粉絲們。

還有為我勞心勞力的編輯：Y先生也就是山本順也先生，M先生毛利和夫先生，我打從心底致上謝忱。尤其是山本先生，我們甚至是一起就任京都精華大學的教員的。大學探問我是否有意出任時，我問對方：「同時就任的成員有誰？」聽到他的名字時，我甚至不禁脫口而出：「哇，孽緣啊！」這本書剛開始整理的時候，山本先生已多次住院，最後沒能回來，永遠地離開了。

如果他讀到這本書，會說出什麼感想呢？或許他會說：「我才沒有說過這種話呢！」……

因為本書是圍繞著很久以前發生的事情而寫的，關於細節，我的記憶也許有誤，請多包涵。

「大泉沙龍」後的事情，想必各位讀者都很清楚。有許多聚集在大泉的夥伴們成為漫畫家，以自己獨特的方式畫漫畫，站穩自己的腳跟，持續創作。也有人過世了，令人惋惜，雖然遺憾，對創作者而言，作品能夠繼續存活下去，就是最大的救贖了。

如今，就算我記得的只有這些，至少我想將記憶中的東西留下來。或許我的經驗，能為現在某個打算畫漫畫的人派上用場也說不定。

以《法老之墓》、《風與木之詩》為分水嶺，我成為了能靠自己獨立創作漫畫的人。

《奔向地球》之後，考慮到必須伴隨動畫電影的行銷，我請對漫畫領域一無所知的妹妹擔任經紀人，由她篩選各種宣傳方面的工作（採訪等）。

最後，我要向曾經共享東京都練馬區大泉那間「沙龍」的萩尾小姐與增山小姐送上感謝之意。

萩尾小姐的活躍，不用我多說，很多人都很清楚。城章子小姐擔任她的經紀人，兩人完美配合至今。在所有作品裡都反映出自己的這份鋪陳故事的能力，如今依然健在。

一九七八年左右吧，唱片公司來接觸我的時候，增山小姐認為機不可失，製作了許多竹宮惠子的唱片品牌，概念跟呈現都很紮實，讓我明白：原來設計、呈現的概念也能用在這種東西上頭。

學生有時會在中古唱片行找到它們，拿來請我簽名。

現在她活用自己古典音樂方面以及少年合唱團的相關知識，負責CD解說等工作。

想起她用激烈的口氣指責我：「為什麼妳不跟人家介紹我是製作人，不是經紀人啦？我要是妳，一定會這樣說！」我很懷念。到現在妳希望我怎麼稱呼妳呢？漫畫家、漫畫原作者、製作人、編輯、指導者、同志、夥伴、對手……

或許，妳會瀟灑地說：「就說是竹宮的朋友啦，不錯吧？」我則想要稱妳為無可取代的戰友。

在驀然回首覺得僅有一瞬的時間裡，所謂年輕時代的友人們，為何會相遇呢？那本身就是這世上的奇蹟。

是快步吹掠的季節薰風，是嬌豔盛放的花朵，是光芒閃爍的利刃。可是，同樣的地方不會有同樣形狀的東西。正如同往昔造訪過的、色彩紛呈的歐洲街市一般……

日安，然後，再會。

那些美好的時間。

少年名叫吉爾伯特

竹宮惠子（Takemiya Keiko）

一九五〇年生於德島市，漫畫家。一九六八年出道。一九七〇年至東京。而後住進被稱為「大泉沙龍」的東京都練馬區大泉的公寓。創作有一九七四年《法老之墓》、一九七六年《風與木之詩》、一九七七年《奔向地球》……等大受歡迎作品。一九八〇年榮獲小學館漫畫賞。

二〇〇〇年起於京都精華大學任教。二〇一四年就任校長，同年獲日本政府頒發紫綬勳章。

二〇一八年京都精華大學校長任期結束退休。二〇二〇年，京都精華大學授予其名譽教授稱號。

現在為日本漫畫學會會長，並擔任國際漫畫研究中心顧問。

少年名叫吉爾伯特

譯註

1. 下町：「城下町」的簡稱，在人文地理的用法指稱古代城市中庶民聚居的工商業區域。

2. 輪轉機：印刷機的一種。

3. 淀號劫機事件：一九七〇年三月卅一日，日本共產主義者同盟赤軍派策劃的日本航空三五一號班機劫機事件，劫匪於劫機後四天成功流亡朝鮮投降。

4. 週刊少女 Comic：小學館發行之女性向漫畫雜誌。一九六八年四月創刊時為半月刊，名為《少女 Comic》，以國中女生為對象。現名為《少女 COMIC》。知名連載有《夢幻遊戲》、《快感指令》等等。

5 週刊瑪格麗特：集英社發行之女性向漫畫雜誌。一九六三年創刊。一九八八年改為雙週刊，知名連載有《凡爾賽玫瑰》、《流星花園》、《絕愛》等。

6. 小說 junior：集英社發行之小說月刊，以國高中女生為目標客群，一九六六年創刊，八二年廢刊。可謂現代少女輕小說的始祖。

7. 好朋友：講談社發行之女性向漫畫雜誌。一九五四年十二月創刊，針對中小學女性的三大雜誌之一，知名連載有《小甜甜》、《美少女戰士》、《小紅豆》、《庫洛魔法使》等。

8. 里中滿智子：一九四八年生，曾任日本漫畫家協會理事長，日本早期最重要漫畫家之一，代表作有《戰國玉女》等。《女性同盟國》曾被拍成電視劇。

9. 大和和紀：一九四八年生，日本經典少女漫畫家，代表作有《源氏物語》、《紐約美女》。《源氏物語》是首部在美國大都會博物館展出的漫畫原畫。

10. 西谷祥子：一九四三年生，校園漫畫開拓者，代表作有《檸檬與櫻桃》、《三色堇》等。

11. 浦野千賀子：一九四六年生，代表作是《排球甜心》，曾被拍成動畫與真人版電視劇。

12. 漫畫原稿用紙：已印好內文框、出血線、尺規等的手繪漫畫用紙。

13. 萩尾望都：一九四九年生，花之廿四年組成員，有「少女漫畫之神」之稱，開創少年愛潮流，曾獲小學館漫畫賞、星雲賞等多項大獎，首位獲頒紫綬動章、文化功勞者的女性漫畫家。代表作《波族傳奇》。

14. 別冊好朋友：《好朋友》的衍生誌，一九七一年創刊。

15. 增山法惠：漫畫原作、小說家、音樂評論家，大泉沙龍重要成員，竹宮惠子《變奏曲》原作。

16. 全國性的大學罷課運動：特指「全學共鬥會議（全共鬥）」運動。全共鬥是日本各大學在一九六八、六九年，學生運動團體實行包括路障封鎖、罷課在內的鬥爭之際，所組成的跨學院、跨黨派組織的大學內部聯合體，演變成學生與國家權力間的鬥爭。許多文化人如村上春樹、坂本龍一等都是全共鬥世代。

17. 石之森章太郎：一九三八－一九九八，日本「漫畫之王」，作品約有七百多部，代表作有《假面騎士》、《人造人009》等。

18. 巴比松畫派：École de Barbizon，一八三〇到四〇年間法國興起的鄉村風景畫派，主要畫家都住在巴黎南郊楓丹白露森林附近的巴比松村，寫實地描寫風景與農民。代表畫家為米勒、柯洛、盧梭等人。

19. 高橋真琴：一九三四年生，五三年出道。畫家、漫畫家、插畫家。擅長畫眼睛裡充滿星星的少女，被稱為「創造日本卡哇伊的三大巨擘」之一，對後來的少女漫畫影響深遠。

20. 舊假名：一九四六年之前日本使用的文字標示。夏目漱石的作品就是舊假名的代表。

21. 赫曼・赫塞的《車輪下》：Hermann Hesse，一八七七－一九六二，德國浪漫主義文學家，諾貝爾獎得主。本作描述兩名個性相反的少年在神學院結為莫逆的故事，對僵化的學校教育發出批判。

22. 《COM》（虫製作商事）：虫製作商事是手塚治虫創立的動畫製作公司。《COM》是該公司從一九六七年到七三年發行的漫畫雜誌。

23. 《鑰匙兒集團》：竹宮惠子於一九六八年七月號《COM》雜誌中，獲選第十回月例新人的入選作，共十六頁。

24. 《週刊少年 MAGAZINE》：講談社發行之少年漫畫雜誌。一九五九年三月創刊，為三大少年誌之一。知名連載有《巨人之星》、《小拳王》、《中華一番！》、《金田一少年事件簿》、《鬼太郎》、《將太的壽司》、《麻辣教師GTO》等。

25. 稻垣足穗：一九〇〇－一九七七，現代主義前沿的小說家，代表作有《彌勒》、《一千一秒物語》等。以《少年愛的美學》獲第一回日本文學大賞。

26. 長屋：集合住宅的一種型態，多指日本傳統建築，複數住戶以水平方向相連，共用牆壁，出入玄關獨立。

27. 常磐莊：一九五二年至八二年間，位於東京都豐島區的兩層樓木造公寓。以曾居住過手塚治虫、藤子不二雄、石之森章太郎等多位知名漫畫家而聞名，為日本漫畫聖地。

28. 弓月光：一九四九年生，漫畫家，跨少年、少女、青年三領域，著有《內衣高手／甜蜜生活》、《我的未婚妻》等青年漫畫。《詹姆與十億磅》為其出道作少女漫畫。

29. 三島由紀夫事件：一九七〇年十一月廿五日，他同四名楯之會成員劫持日本陸上自衛隊東部總監部總監，於露臺發表「政變」演說，但全未獲自衛官們的支持，三島即刻切腹自殺。此事件對文學界和政治運動產生強烈影響。

30. 《少年JUMP》：集英社發行之日本少年漫畫雜誌。一九六八年七月創刊至今，為日本發行量最高的漫畫雜誌，三大少年誌之一。經典連載有《烏龍派出所》、《足球小將翼》、《聖鬥士星矢》、《灌籃高手》、《幽遊白書》、《海賊王》等等。

31. 《小鬼當大將》又譯《孩子王》，本宮宏志作品。《無恥學園》為永井豪作品。《太空球團》為遠崎史朗原作，中島德博作畫。

32. 坂田靖子：一九五三年生，後廿四年組成員，構圖獨特、作風幽默，主導金澤地區漫畫研究會「Lovely」，成為同人界知名團體。白泉社《LaLa》創刊元老之一。

33. 花郁悠紀子：一九五四－一九八〇，曾當過萩尾望都助手，參加坂田主辦的「Lovely」。作品常交織科幻與奇幻要素，也是Yaoi概念創始者之一。代表作有《白木蓮抄》等。廿六歲就早夭，親妹妹是知名漫畫家波津彬子。

34. 笹谷七重子：一九五〇年生，廿四年組成員，擅長人物心理描寫，多篇作品反映兒童受虐問題。作品《生靈》曾改拍為真人版電影。

35. 山田美根子：一九四九年生，廿四年組成員，代表作為《最終戰爭系列》、《妖靈童話》等。

36. 伊東愛子：一九五二年生，後廿四年組成員，代表作為《老師我有意見！》、《良君系列》等。

37. 《週刊 Seventeen》：集英社發行之少女綜合流行雜誌。《瑪格麗特》姊妹誌，一九六八年創刊，二〇〇八年後改月刊稱《Seventeen》。

38. 城章子：一九七四年以本名漫畫家出道，曾以今里孝子為筆名擔任萩尾望都漫畫原作，現為其經紀人。

39. 櫻澤未知：一九五四年生，後廿四年組成員。代表作《拜仁的天使》、《MF動物醫院日誌》、《鬼門之家》等。《我與尾巴的神樂坂》曾改編為真人版電視劇。

40. 佐藤史生：一九五二—二〇一〇，同時擅長科幻史詩與少女戀愛題材的早期重要漫畫家，代表作為《搜神戰記》。

41. 櫻多吾作：原本是石之森章太郎助手，以少女漫畫家「山上純一郎」之名出道後轉畫少年漫畫，作品有曾經動畫化的《無敵太空船》等。

42. 大和田夏希：一九五三—一九九四，曾任川崎登、手塚治虫弟子，作品有《鬼馬小子》、《虹色 town》等。

43. 《女工哀史》：纖維工廠職工細井和喜藏（一八九七－一九二五）基於本身生活經驗與實況調查，記錄一戰後日本女工們在環境惡劣的工廠勞動所受虐待的悲慘情形的重要紀錄文學。

44. 千葉徹彌：一九三九年生，資深漫畫家，曾任日本漫畫家協會理事長、會長，獲多種獎項與紫綬勳章，代表作有《小拳王》、《好小子》等。

45. 金赤色：日本一般將金赤色記為紅黃版各一百，也就是俗稱的正紅色，但其實是一種黃版略重的特殊色，大約是紅版少十至二十左右。

46. 白土三平：一九三二年生，六〇年代代表性漫畫家，作品多描寫忍者，代表作有《忍者武藝帳影丸傳》、《卡姆依傳》等。

47. 小島剛夕：一九二八－二〇〇〇，代表作是《帶子狼》，曾獲艾斯納獎在美出版最優秀國際作品。

48. 上村一夫：一九四〇－一九八六，確立新的劇畫風格的大師，有「昭和的繪師」之稱，代表作有《同棲時代》、《修羅雪姬》等。

49. 平野仁：劇畫作家，通常跟原作家配合。臺灣較熟知的作品是《聊齋三國傳》。

50. 森田順：一九四八年生，原漫畫家，也是漫畫家本宮宏志之妻。一九七一年暢銷作《呀！老師！》改變了集英社《RIBON》幾乎只有快樂結局的作風，給同雜誌跟後進很大影響。

51. 大島弓子：一九四七年生，廿四年組成員，曾獲講談社少女漫畫賞等，代表作有《綿之國星》、《雜草物語》、《咕咕貓》等。

52. 《神仙家庭》：Bewitched，一九六四—一九七二年美國ABC電視臺播出的經典喜劇，一九六六年起在日本播出，影響了此後的魔女作品風潮。

53. 《彗星公主》：橫山光輝一九六七年起在《週刊瑪格麗特》連載的漫畫，也指同年起日本TBS電視臺播映的同名特攝片。

54. 上原希美子：一九四六年生，經典少女漫畫家，代表作有《瑪麗安》、《芭蕾天使》、《銀色舞鞋》等，後期代表作為《親親我的寶貝》。

55. 細川智榮子：一九三五年生，代表作《尼羅河女兒／王家的紋章》。

56. 山岸凉子：一九四七年生，廿四年組成員，一九七一年芭蕾漫畫《迎風展翅》是首部把主角設定為內向性格的少女漫畫。代表作《日出處天子》則是少年愛漫畫經典之一。

57.《波族傳奇》：一九七二年開始連載，內容為變成吸血鬼的永生不死少年橫跨兩百年時空的故事，是講述永恆美少年概念的經典作品。

58. 佛門或武士的世界：古代日本佛門認為與女性發生關係才算破戒，所以會在寺廟中豢養名為「寺小姓」的男孩作為僧侶們的性對象。武士階層則有「眾道」的男色傳統，戰國時代甚至被認為是風雅的習俗。

59.《RIBON Comic》：《RIBON》的衍生月刊誌，一九六八年創刊、七一年休刊。

60. 水野英子：一九三九年生，日本女性少女漫畫家先驅，首創戀愛為主題的少女漫畫，也是「星星眼」風格的開創者，常磐莊唯一女性成員，甚至有女版手塚之稱。代表作有《星之豎琴》、《FIRE!》等。

61.《少女俱樂部》：講談社前身「大日本雄辯會講談社」旗下針對少女的雜誌，一九二三年創刊，一九六二年廢刊。起初以少女小說與詩為主，之後以漫畫為主。著名連載漫畫作品有《緞帶騎士》、《蠑螺小姐》等。

62.《薔薇族》：一九七一年創刊，是日本首本供男同性戀者閱讀的雜誌，竹本小太郎、山川純一等著名同志漫畫家曾在其中連載作品。

63. 《天使心》：萩尾望都一九七四年開始連載的作品，以法國電影《特殊的友情》（Les amitiés particulières）為創作動機，從哲學層次探討，是少年愛漫畫最早期的經典。

64. 《鐵人28號》：橫山光輝一九五六年開始連載的巨大機器人漫畫，後陸續改編電視動畫、廣播劇、電視劇、電影等。主角金田正太郎就是「正太」一詞的語源。

65. 《伊賀的影丸》：橫山光輝一九六一年開始連載，描述江戶忍者「影丸」的故事，曾拍成真人電影等。

66. 齊藤隆夫：一九三六年—二〇二一，經典漫畫家，貸本漫畫時代確立劇畫分野概念的人士之一。代表作《骷髏13》。

67. 一条由香莉：一九四九年生，領導少女漫畫開展華麗畫風的作家之一，代表作有《有閒俱樂部》、《砂之城》、《Pride- 邁向榮耀之路》，後者曾拍成真人電影。

68. 淺間山莊事件：指一九七二年二月十九日至廿八日，聯合赤軍在長野縣輕井澤町河合樂器製造公司的保養所「淺間山莊」所做的綁架事件。五名聯合赤軍成員挾持山莊管理人之妻為質十天，造成三人死亡、廿七人受傷，最後五人被捕，此前「山岳基地事件」赤軍內部對同僚的虐殺也隨之曝光，日本左翼運動從此進入低谷，赤軍也迅速瓦解。

69. 小澤征爾：一九三五年生，名指揮家。曾任波士頓交響樂團音樂總監、維也納國立歌劇院首席指揮、ＮＨＫ交響樂團指揮等。

70. 鐵子：指女性鐵道迷。

71. Petit Déjeuner：法文的「早餐」，一般指咖啡或紅茶與果汁，及可頌或麵包與牛油、果醬的套餐。飯店內稱作歐陸式早餐（Continental Breakfast）。

72. 梶原一騎：一九三六－一九八七，日本作家、漫畫原作家與電影製作人，是多部經典漫畫的原作，如《巨人之星》、《極真派空手道》、《小拳王》等。

73. 《花與夢》：白泉社發行之少女漫畫雜誌，一九七四年創刊，作風屬個性派，競爭對手是《少女Comic》。著名連載作品有：《玻璃假面／千面女郎》、《地球守護靈》、《天使禁獵區》等。

74. 《星海浮沉錄》：A Star Is Born，一九五四年的美國歌舞片，由茱蒂・嘉蘭主演。

著名翻拍版本有一九七六年《星夢淚痕》與二〇一八年《一個巨星的誕生》。

75. 澤田研二：一九四八年生，日本長期位居主流的經典歌手，作風大膽前衛，有「日本大衛・鮑伊」之稱。

76. 《週刊少年 Sunday》：小學館發行之綜合性少年漫畫雜誌，三大少年誌之一，一九五九年創刊。經典連載有《福星小子》、《亂馬 1/2》、《潮與虎》、《H2 好逑雙物語》、《名偵探柯南》等。

77. 貴種流離譚：日本文學、民俗學者折口信夫研究的「折口學」用語之一，指日本物語文學中一種原型的概念。年輕神祇或英雄喪失高貴血統，流離他鄉克服困難後成為尊貴存在。希臘神話中也可見類似結構。

78. 講談：日本傳統藝能之一，相當於中華文化圈的「說書」。講談家坐在高座上的小桌前以第三人稱身分講述，手執「張り扇」敲打桌子配合故事行進製造氣氛。

79. 北島洋子：一九四三年生，少女漫畫家，她的《Sweet LALA》是六〇年代末《RIBON》最受歡迎的連載代表作。

80. 楳圖一雄：一九三六年生，漫畫家、藝人、作詞家，驚悚恐怖漫畫大師，代表作有《漂流教室》、《神之左手，惡魔之右手》、《洗禮》等。

81. 安達充：一九五一年生，跨少年、少女漫畫，是青春運動戀愛題材的代表，代表作有：《鄰家女孩》、《陽光普照》、《H2 好逑雙物語》等。

82. 牧野和子：一九四七年生，曾擔任里中滿智子助手，兩個月就出道，代表作是《純愛青春搖滾》，曾被改編為電影《飛車歌舞三人組》。

83. 高橋亮子：一九五二年生，《玫瑰年華》是她的代表作。

84. 村田順子：一九五九年生，二十歲就出道，也是亞洲偶像研究者，代表作有《搶錢一家親》、《口袋情人》、《紅麻雀的週末》等。

85. 《勸進帳》：日本歌舞伎經典演目，描述日本初代幕府將軍源賴朝之弟源義經受哥哥壓迫，攜家臣武藏坊弁慶等喬裝僧人出逃，途經關隘，遭守將質疑，弁慶機智應答，甚至不惜杖打主人義經，終於成功過關。

86. 演出家現場口述：廣義指決定電視劇、廣播劇、動畫等聲音、影像如何呈現的人，一般可稱「導演」。口述是一種特殊的演出方式，作者來到排練場，當場生出臺詞口頭告訴演員，由演員複誦演出，據說江戶時期的狂言作者便是如此創作歌舞伎腳本。

87. CLAMP：日本漫畫家組合，一九八九年出道商業界的四代少女漫畫代表之一，代表作有《聖傳》、《X》、《庫洛魔法使》等，作品量大，成員與數量與其名字幾經更迭，目前是以下四位：大川七瀨（劇本創意）、莫可拿（作畫主力）、貓井椿（分鏡、Q版與網點）、五十嵐寒月（氣氛、上色等）。

88.《月刊漫畫少年》：一九七六年創刊，八一年休刊，朝日Sonorama的少年漫畫雜誌，知名連載有《火之鳥》、《奔向地球》、《夢幻紳士》等。

89. 寺山修司：一九三五～一九八三，日本劇作家、歌人、詩人、作家、電影導演等，有「語言的鍊金術師」、「先鋒戲劇四大天王之一」等美譽。代表著作有電影《上海異人娼館》、小說《啊，荒野》等。

90. 河合隼雄：一九二八－二〇〇七，日本心理學者、心理療法家、前文化廳長官、京都大學名譽教授、國際日本文化研究名譽教授，專長分析心理學、臨床心理學、日本文化論等。著作非常多，如《心的處方箋》、《神話與日本人的心》等。

國家圖書館出版品預行編目(CIP)資料

少年名叫吉爾伯特 / 竹宮惠子作 ; Miyako 譯. -- 1版.
-- 臺北市 : 城邦文化事業股份有限公司尖端出版 :
英屬蓋曼群島商家庭傳媒股份有限公司城邦分公
司尖端出版發行, 2021.10
面 ; 公分
譯自 : 少年の名はジルベール
ISBN 978-626-316-036-1(平裝)

861.67　　110012702

嬉文化

少年名為吉爾伯特
（原名：少年の名はジルベール）

著　　者／竹宮惠子
譯　　者／Miyako
榮譽發行人／黃鎮隆
總 經 理／陳君平
協　　理／洪琇菁
總 編 輯／呂尚燁
美術總監／沙雲佩
美術編輯／方品舒
編集協力／西田真二郎
執行編輯／陳昭燕
企劃宣傳／楊玉如、洪國瑋
國際版權／黃令歡、梁名儀
文字校對／施亞蒨
內文排版／謝青秀

出　　版／城邦文化事業股份有限公司 尖端出版
台北市中山區民生東路二段一四一號十樓
電話：（〇二）二五〇〇—七六〇〇
傳真：（〇二）二五〇〇—二六八三
E-mail：7novels@mail2.spp.com.tw

發　　行／英屬蓋曼群島商家庭傳媒股份有限公司城邦分公司 尖端出版
台北市中山區民生東路二段一四一號十樓
電話：（〇二）二五〇〇—七六〇〇（代表號）
傳真：（〇二）二五〇〇—一九七九

中彰投以北經銷／楨彥有限公司（含宜花東）
電話：（〇二）八九一九—三三六九
傳真：（〇二）八九一四—五五二四

雲嘉經銷／威信圖書有限公司 嘉義公司
電話：（〇五）二三三—三八五二
傳真：（〇五）二三三—三八六三

南部經銷／威信圖書有限公司 高雄公司
客服專線：〇八〇〇—〇二八—〇二八
電話：（〇七）三七三—〇〇七九
傳真：（〇七）三七三—〇〇八七

香港經銷／城邦（香港）出版集團有限公司
香港灣仔駱克道一九三號東超商業中心1樓
電話：（八五二）二五〇八—六二三一
傳真：（八五二）二五七八—九三三七
E-mail：hkcite@biznetvigator.com

新馬經銷／城邦（馬新）出版集團Cite（M）Sdn. Bhd.
E-mail：cite@cite.com.my

法律顧問／王子文律師　元禾法律事務所
台北市羅斯福路三段三十七號十五樓

二〇二一年十月一版一刷

※部分連載、書籍、影視、音樂等作品未有中文版，名稱為自行翻譯。

■中文版■

郵購注意事項：
1. 填妥劃撥單資料：帳號：50003021戶名：英屬蓋曼群島商家庭傳媒(股)公司城邦分公司。2. 通信欄內註明訂購書名與冊數。3. 劃撥金額低於500元，請加附掛號郵資50元。如劃撥日起 10～14日，仍未收到書時，請洽劃撥組。劃撥專線TEL：(03) 312-4212 ・ FAX：(03) 322-4621。E-mail：marketing@spp.com.tw